拳赤子之心溢于言表。

这部诗集中的一部分是父亲年轻时的旧作，是那段青葱岁月的纪念，谓之“春草”；更多的一部分是退休这几年的新作，从日常琐碎到山河壮阔，从风俗民情到城市发展，点滴慧心，在似水流年中，感受生活，享受人生，谓之“晚霞”。晨雾晚霞皆如画，春风秋雨自成诗。如今精心之作终于告成，一来可以以诗的形式反映生活，抒发情怀，二来以诗为媒，与同有此雅兴的新老朋友共赏人生晚景，想必父亲是很宽慰的。愿父亲桑榆晚景生活更精彩！

苏　叶

二〇一三年初秋

注：苏叶为扬州职业大学文学院新闻教研室主任，硕士学位，副教授。

春草晚霞诗稿

苏祖芳　著

东南大学出版社
·南京·

图书在版编目(CIP)数据

春草晚霞诗稿 / 苏祖芳著. —南京:东南大学出版社,2014.3

ISBN 978-7-5641-4782-2

Ⅰ.①春… Ⅱ.①苏… Ⅲ.①诗集—中国—当代 Ⅳ.①I247.5

中国版本图书馆 CIP 数据核字(2014)第 041014 号

春草晚霞诗稿

著　　者　苏祖芳

出版发行　东南大学出版社　　出 版 人　江建中
社　　址　南京市四牌楼 2 号　　邮　　编　210096
销售电话　(025)83794121/83795801
网　　址　http://www.seupress.com　　电子邮箱　press@seupress.com

经　　销　全国各地新华书店　　印　　刷　南京玉河印刷厂
开　　本　850mm×1168mm　1/32　　印　　张　10.375
字　　数　198 千字
版 印 次　2014 年 3 月第 1 版　2014 年 3 月第 1 次印刷
书　　号　ISBN 978-7-5641-4782-2
定　　价　55.00 元

序

女儿为父亲的诗作作序，是一件幸福和温馨的事情。父亲自 2003 年退休后，重拾旧好，勤于笔耕，陆陆续续汇成这部诗集。我想，人生在世，每一个人都要经历从春草新绿到晚霞余晖，有时行色匆匆，任重道远，无暇驻足流连路边的风光；有时闲云野鹤，看云卷云舒，收藏昨天，享受今天，向往明天。如今的父亲，应该属于后者吧。

父亲苏祖芳是扬州大学的农学教授，1939 年出生于江苏无锡农村，是一个普通的农家子弟，大学毕业后，留在母校任教直至退休。父亲一直是个勤勉认真的人，对待工作兢兢业业，著作等身，成果斐然，对待生活亦然。写诗作文曾是父亲青年时代的一大喜好，退休以后终于有时间整理旧作，也终于有时间品味生活，记录人生了。每每回到娘家，父亲总能拿出一大沓新作与我这个学中文的女儿切磋，戴着老花镜，拿着红笔，修修改改，念念有词，执著认真，他常常跟我说，他要用诗歌这种形式来歌颂祖国，歌颂社会新风尚，赞美百姓的幸福生活，激励人们积极向上的工作和生活，传递正能量，拳

目　录

情满扬州

人生百味

感事抒怀

五 言

七 绝

七 律

咏物寓意

五 言

万紫千红

五　言

七　绝

七　律

春草晚霞诗稿

情系山河

五言

大运河颂

运河流碧州，两岸稻米香。
水上航船多，粮煤运输畅。

2011年4月23日

【注释】

京杭大运河，是世界上最长的一条人工运河，大运河南起余杭（杭州），北到涿郡（今北京），途经今浙江、江苏、山东、河北四省及天津、北京两市，贯通海河、黄河、淮河、长江、钱塘江五大水系，全长约1794千米，从春秋吴国开凿到现在已有2500多年的历史。古代扬州因运河而繁华，后因铁路航运发达扬州逐渐失去优势。如今南水北调东线起点在扬州，拓宽河道，加强源头绿化，大运河是南北的水上运输大道，昔日繁忙又得以重现。

七绝

游 天 池

蓝天白云满坡松，远山层叠耀雪峰。
天池水清无穷碧，游客乘舟满面风。

2006 年 9 月 2 日

【注释】

① 天山天池位于昌吉州阜康市境内，距离乌鲁木齐 120 千米，海拔 1980 米，面积 4.9 平方千米，是国家 5A 级风景区。天池主要有八景：石门一线、龙潭碧月、定海神针、海峰晨曦、南山望雪、西山观松、悬泉飞瀑、顶天三石。② 2006 年 7 月 21 日至 8 月 1 日和王忠、顾蕴洁、朱庆森、张洪熙教授及陈刚、刘秀丽副教授在参加新疆乌鲁木齐新疆大学召开的中国植物逆境生理生态与分子生物学学术研讨会后，游览了新疆天池、南山牧场、吐鲁番和喀纳斯湖风景区。

赣州之行

赣 州 城

章贡河畔风光媚，红旗大道绿化翠。
宋砖城墙八境台，赣州八景华夏魁。

通 天 岩

丹霞石窟岩通天，万尊佛像越千年。
善男信女敬佛香，摩崖题刻见真言。

2005年8月5日

【注释】

赣州是江西省第二大城市，是内地通向东南沿海的重要通道之一。赣州是世界重要的钨产地，有“世界钨都”之称。赣州是国家历史文化名城，全国卫生城市，中国优秀旅游城市和国家园林城市。2005年4月25日游览了市区和通天岩风景区。

狼巷迷谷游

一

大影三峰绿屏翠，鹿塘凤阳碧水清。
小岗驱车到景区，蛋旦饭店菜根馨。

二

古树丛林巨树藤，万年生物石纹身。
寺院左畔放生池，佛窟洞深须攀登。

三

禅窟古寺香烟稠，玉蟹泉水碧清流，
佛窟溶洞钟乳奇，狼巷迷谷曲径幽。

2012 年 4 月 26 日

【注释】

① 小岗村是我国第一个农民生产实行大包干的村庄。② 大影、三峰指两山名，鹿塘、凤阳指两水库名。③ 狼巷迷谷景区（4A级）离凤阳县城东南 35 千米，有古刹礼佛和迷谷探奇两个主题。

游上海世博中国馆三首

车　上

退休人员游世博，阳春三月天气暖。
车内满座乐意浓，音响伴我入梦圆。

排　队

心系世博中国红，欢歌笑语情满怀。
老人保暖衣穿多，等候日晒汗直流。

参　观

改革三十年剧变，清明上河图人动。
古桥拱斗亭阁娇，生态环保绿意浓。

2011 年 4 月 27 日

【注释】

上海世界博览会于 2010 年 5 月 1 日至 10 月 31 日在中国上海市举行，后 1 年只开放中国馆。中国红为中国馆的象征，代名词。

喜庆香港回归15周年

香江两岸涌歌潮，升旗礼仪彩云飞。
“一国两制”十五春，经济繁荣人心归。

2012年7月1日

【注释】

香港(Hong Kong)，全称中华人民共和国香港特别行政区。地处珠江口以东，与广东省深圳市隔深圳河相望，濒临南海。1842至1997年间，香港曾作为英国的殖民地，1997年7月1日香港回归祖国，中国恢复对香港的主权。15年“一国两制”成功落实，香港经济繁荣，生活富裕，人民安居乐业，是著名国际大都市。

庆祝天宫一号发射成功

天宫一号入太空，遨游苍穹会神舟。
舟宫对接世界惊，中国航天谱春秋。

2011 年 9 月 30 日

【注释】

中国“天宫一号”高 9 米，宽 3.35 米，体重 8.5 吨，于昨晚（2011 年 9 月 29 日）21 时 16 分发射太空成功，尔后“天宫一号”将分别与随后发射的“神舟八号”、“神舟九号”、“神舟十号”飞船对接，从而建立第一个中国空间实验室。

颂蛟龙探海

马里亚纳海沟底,“蛟龙”潜深七千米。
全球海洋任巡游,深潜记录世界奇。

2012 年 6 月 26 日

【注释】

蛟龙号载人潜水器 2012 年 6 月 26 日马里亚纳海沟深潜 7020 米,创造世界深海潜水纪录;叶聪、付文韬、唐来陵、崔维成、刘开周、杨波、张东升,2013 年 5 月 17 日党中央、国务院授予载人深潜英雄。

贺中共十八大胜利闭幕

继往开来弘伟业，承前启后新一代。
团结奋进成小康，各族人民在期待。

2012年11月15日

【注释】

2012年11月8—14日中共十八大在北京召开，中华精英聚首都，会议选出了新一届中央领导人，引领全国各族人民建设富裕、民主、美丽的中国，2020年建成小康社会。

喜迎名城运博会

八方宾朋聚扬州，运河申遗共携手。
中外交流运河情，河城生荣竞风流。

2011 年 9 月 27 日

丹桂飘香又金秋，运河群贤聚扬州。
共商申遗献良策，活力运河誉全球。

2012 年 9 月 26 日

【注释】

第五届世界运河名城博览会于 2011 年 9 月 25 日至 9 月 27 日在扬州召开，共创运河城市美好未来，携手共进大运河申遗工作；世界运河名城博览会暨世界运河大会于 2012 年 9 月 26 日在扬州“京杭之心”召开，共有 23 个国家的运河代表和国内 35 个沿大运河城市的市长和代表参加。

东湖湿地公园

池杉倒映满湖翠，万千鹭鸟漫天飞。
栈道木桥林阴中，水清草茂鱼儿肥。

2011年6月26日

【注释】

东湖湿地公园位于高邮马棚镇境内，离集镇约3千米。园内野鸭水面飞翔、池杉林深，木板栈道连接林中，空气清新温润，清风拂面，如一幅水乡风情画。

西安行之一

西　安

明代城墙十七门，大雁方塔出玄奘。
周秦汉唐十三朝，古都新貌映曲江。

华　清　池

骊山北麓林木翠，温泉胜地世界闻。
千古风流华清池，温柔汤水最宜人。

乾　陵

九龙磐石无字碑，后人评说是与非。
凉山山麓风水地，地下宝藏留后辈。

2013 年 10 月 23 日

【注释】

2013 年 10 月 17 日至 20 日大女儿、女婿和笔者三人游览古城西安的明城墙、大雁塔、华清池和秦兵马俑、法门寺等地。西安是十三朝古都，今为陕西省的首府，古老而年经，地下宝物丰富，文化底蕴深厚，是华夏文明的发源地之一。曲江为西安市新区。

七律

西安行之二

秦兵马俑

千古一君数始皇，征战六国统四方。
朝拜泰山途中薨，兵马陶俑陪君葬。
百万将士睡千年，挖掘机井始见光。
中外游客齐观赏，八大奇迹耀东方。

法门寺

法门古刹在扶风，真身宝塔矗天空。
佛光大道千米长，合十舍利塔恢宏。
却逢瑰宝迎客日，瞻仰舍利绕地宫。
芸芸众生跪拜佛，共沐佛光显大同。

2013 年 10 月 24 日

【注释】

秦兵马俑为世界八大奇迹；法门寺位于宝鸡市扶风县法门镇。始建于东汉末年恒、灵年间，约有 1700 多年历史。佛光大道长 1230

米。合十舍利塔始建于2004年，塔高148米，呈双手合十状，中间有安放佛指舍利的宝塔型建筑，塔内供奉着举世闻名的佛祖释迦牟尼真身舍利（手指指骨一节）。

长　　城

城墙逶迤气势雄，屏挡北藩敌顽凶。
今方海内成一统，登高极目眺苍穹。
神州奇迹中华魂，劳动人民建功勋。
不到长城非好汉，世界遗产人称颂。

2011年8月12日

【注释】

长城是古代中国在不同时期筑的规模浩大的军事工程的统称。长城东西绵延上万华里，称作万里长城。长城建筑于两千多年前的春秋战国时代，现存的长城遗迹主要为建于14世纪的明长城。长城是中国古代劳动人民创造的伟大的奇迹，是中国悠久历史的见证。1987年12月，长城被列为世界文化遗产。1994年5月游览北京天坛等景点，登上八达岭长城，气势雄伟壮丽，感慨万千，回忆起来别有情意，作诗一首。

祝贺嫦娥二号成功逃逸月球

嫦娥今朝离月宫，奔向宇宙外太空。
待到拉格朗日点，传回佳音神州颂。
深空测控第一步，科技创新无尽穷。
人类探索外星梦，同心协力定成功。

2011年6月11日

【注释】

今天(2011年6月11日)嫦娥二号在离地38万千米的月球轨道上，奔向180万千米以外的深空(地球与太阳之间的平衡点即第二位拉格朗日点)进行测控，这是一大突破。

黄鹤楼公园[1]

长江畔耸黄鹤楼，天下江山第一楼。
胜像宝塔[2]似葫芦，九九归鹤浮雕图。
瞰川揽虹[3]增美景，南北两轩[4]映壮瑰。
李白墨迹搁笔亭，崔颢诗碑竞风流。

2011年10月11日

【注释】

① 2011年9月21日下午和陆自强教授，朱强老师一同游览黄鹤楼公园。② 胜像宝塔，始建于元代，原古黄鹤楼旁，因建造长江大桥而搬迁于此。因塔分地、水、火、风、空5轮，故也称五轮塔。③ 瞰川亭、揽虹亭，亦称南亭、北亭，位于黄鹤楼前台阶中轴线的两侧。系黄鹤主楼的配亭。④ 南轩、北轩，从西大门进入黄鹤楼主楼中轴线的两边，隔绝了火车和汽车的噪声对黄鹤楼的影响，营造了公园安宁的气氛。

祝贺舟宫对接成功

"神八"霄汉入太空，金风玉露邀相逢。
天宫一号何处觅，天基测控通信通。
"舟宫"宇宙无线连，翌日凌晨吻天宫。
进入空站新时代，探索太空不是梦。

2011年11月3日

【注释】

2011年11月1日我国在酒泉基地成功发射神州八号追吻天宫一号，于今日（3日）早晨1时28分舟宫对接成功，是继美国和俄罗斯后第三个有能力舟宫对接的国家。

瓜洲古渡公园

含口牌楼立江边，千年古渡碑犹存。
观潮亭上观江潮，银岭塔耸入云层。
沉箱亭记杜娘恨，御碑亭题赞锦春。
大观楼阁何处觅，百首诗廊颂古镇。

2012年6月3日

【注释】

瓜洲古渡公园位于扬州古运河与长江交汇处，与镇江金山寺隔江而对。锦春指公园内的锦春园，康乾二帝六次南巡驻跸瓜洲，并在锦春园设行宫，乾隆赞美锦春园的御碑，至今保存完好；大观楼已坍于江中，将重建。

游镇江南山公园

春游镇江南山景，老人登高挹江亭。
层林染绿景色妍，虎跑泉流碧水清。
招隐寺院佛钟磬，听鹂山房黄鹂鸣。
风景优美怡心静，夕阳红霞映童心。

2004年6月15日

【注释】

1993年秋参观了南山公园、2004年春苏农五村退休支部组织到镇江南山风景区踏青，竹林幽深，泉水潺潺，走在山间路上，多数老人爬山登上高峰挹江亭并拍照留念，晚霞映红了老人的脸，红彤彤的，很是快乐，如儿童。

赞 朴 园

花木之乡丁伙镇，朴树奇观早耳闻。
龙凤呈祥舞水面，地龙抬头迎客人。
万木绿浓满园春，老人游园多笑声。
返璞归真自然美，不到朴园枉此生。

2012 年 4 月 14 日

【注释】

① 朴园为国家 AA 级生态旅游风景区，位于江都丁伙镇锦西村，园中有朴、樟、桂、紫薇等树，面积规划 100 公顷，现园面积 50 公顷，还建有中曲桥 1000 多米，以便老人观光。② 龙凤呈祥为两棵朴树的造型，像龙像凤，地龙指紫薇的根像地龙。

柳　堡　吟

水乡小镇多柔情，柳堡电影而改名[①]。
河网纵横田平畴，风车木桥不见影。
道路通达工业兴，鱼跃虾肥粮丰盈。
广场雕塑女民兵，二妹子班最亲民[②]。

2012 年 7 月 25 日

【注释】

① 柳堡原为留宝，因拍摄电影《柳堡的故事》而改名的中国第一镇，早于芙蓉镇(原名王村)。②《柳堡的故事》是上世纪 50 年代的第一部青春偶像剧，“二妹子”靓丽甜美的形象深深地影响了几代人，现在柳堡二妹子女民兵连是江苏省内外有影响的民兵连，多次获得国家和江苏省的荣誉奖。

咏黄土塘

水满田肥地平畴，盛产稻麦豆瓜芡。
粮行茶馆绸布庄，南北货栈中药店。
街市繁华人如织，怀仁锡北育英贤。
水陆码头依然在，峥嵘岁月多变迁。

2007 年 11 月 8 日

【注释】

黄土塘是上个世纪 50—60 年代锡北地区政治经济和文化中心，盛产稻米，西瓜香甜，享有盛誉；70 年代后行政区调整，随镇政府搬迁而逐步失去优势，但街市仍很兴旺，是黄土塘中心小学、无锡怀仁中学即锡北中学 70 年代前的所在地，离笔者老家陆家庄约 3 华里，学生皆为走读生。

国庆有感

花艳旗红遍九州，万里江山披锦绣。
社会和谐歌盛世，经济腾飞冠全球。
改革开放赋新篇，国家强盛铸春秋。
继往开来十八大，宏图大展山河秀。

2012年10月1日

【注释】

今日是国庆节，1949年10月1日中华人民共和国成立至今已有63周年。

邵伯古镇

帆樯如织运河水，百里湖滩垂杨柳。
东西南北四湖通，邵伯船闸堪一流。
斗野亭园镇水牛，古街古宅石板路。
自然野趣渌洋湖，菱角龙虾名九州。

2012年7月15日

【注释】

邵伯镇位于扬州市江都区北，地处邵伯湖畔，京杭大运河、淮江公路穿境而过，有1600多年的悠久历史，人文底蕴深厚，自然资源丰富，是京杭运河线上闻名的历史文化古镇。

古镇马棚游

奔驰驿马歇马棚，古镇居民自从容。
救生港闸古邗沟，镇水神牛双目炯。
慈姑荷藕稻米丰，碧水长堤绿荫浓。
清纯水质积水潭，野鸭群飞伴霞虹。

2012 年 7 月 9 日

【注释】

1995 至 1998 年笔者在高邮司徒农业综合实验区期间，常到马棚农技站和田间技术员和稻农讨论农业项目发展并作技术指导，当时游览了清水潭（东湖湿地公园），马棚的茨菇小而整齐，质地较细，享有盛名。救生港水闸位于大运河西堤与高邮湖之间，始建于清代，1956 年大运河拓宽，原先运河（古邗沟）东边新开运河，从此救生港水闸被废弃。

咏花木之乡——丁伙镇

丁伙花木已闻名，四季常绿水流清。
种花植树致农富，以树奇形造园林。
大禹竹园赏竹品，奇树朴园观树景。
农村环境生态美，小桥亭阁气象新。

2012年10月3日

【注释】

① 丁伙花木之乡，花木致富农家，盛世造园，园名以姓居多，著名的私家花园有大禹竹园和朴园。② 丁伙位于扬州市江都区东北，乘公交车40分钟到达。丁伙镇花木产业全国盛名，是江苏省重点绿化苗木生产基地。

七一颂党

嘉兴南湖马列兴，铁锤镰刀旗帜艳。
遵义会议路线正，万里征程阻日侵。
延安精神柏坡魂，四九建国世界惊。
一九七八新起点，改革开放日月新。
强国富民不称霸，三个世界同歌吟。
科学发展强国力，经济腾飞世界先。
承前启后新一代，社会主义旗鲜明。
民心党心结同心，中华民族定复兴。

2011年6月14日

【注释】

为庆祝中国共产党建党90周年而作。

春草晚霞诗稿

情怀扬州

扬州四季

春

春暖燕归来，百花依次开。
农夫播种忙，游人兴满怀。

夏

夏炎催禾长，大地披绿裳。
汗水湿衣襟，树下好纳凉。

秋

秋凉衣换装，稻谷千重浪。
花谢绿渐黄，红叶更喜霜。

冬

冬冷风似刀，出门穿棉袄。
室内暖意浓，飞雪迎春早。

2011年4月10日

【注释】

扬州四季分明，环境优美，2003 年获国家园林城市称号、2008 年获联合国人居奖。2012 年获国家森林城市称号。

秋游茱萸湾公园

处处长茱萸，枝枝挂红果。
桂花香气浓，琼花春之歌。
山崖松猴耍，水面天鹅游。
林间鸟飞翔，河上船如梭。
情侣依肩语，儿童欢笑多。
栈桥曲径幽，登高望山河。

2012 年 10 月 13 日

【注释】

茱萸湾公园位于扬州城区东北郊湾头镇，因盛长茱萸树，故古时曾名茱萸村。茱萸湾公园千顷绿地由诸多绿色植物元素，构成了一幅幅巧夺天工、令人心醉的植物美景。诸如“荷风曲桥”、“梅山春深”、“芍药婵娟”、“寒梅傲雪”、“茱萸古韵”等。

七绝

赞扬州东段古运河

昔日荒滩乱石堆，今朝林葱花卉美。
水清花香两岸媚，游人信步一路闲。

2011年4月25日

【注释】

扬州东段古运河指大王庙至大运河两岸。笔者当日下午乘车到大王庙站下后到改造完成的古运河边散步，看到水清两岸林葱花美，扬州人又有了一个休闲赏景的好地方，心情舒畅，有感而作。

个　园

竿竿瘦竹名为稀，四季假山堪称奇。
清影稀疏风摇曳，满园绿霞游人喜。

2012年4月5日

【注释】

个园是扬州著名景点，在盐埠路上，清代中叶扬州大盐商黄应泰在寿芝园上重建。黄应泰别号“个园”，能书画。园内多种竹，竹形似“个”字，故以号为园名。

何　园

一

复道回廊绕三楼，水心亭中观鱼游。
船厅浮石波涛载，漏窗透景美难收。

二

叠石奇妙昼看月，牡丹厅中听清曲。
倚墙筑石堆成山，堪为晚清第一园。

2011 年 2 月 16 日

【注释】

何园建于清代末年，原名寄啸山庄，因主人姓何而得名。何园是以厅馆楼廊建筑物为特色的园林。

小 盘 谷

依墙回廊接亭斜，曲尺厅后为水榭。
玉秀楼上景尽收，九狮图山唯扬州。

2011 年 2 月 20 日

【注释】

小盘谷位于丁家湾大树巷内，清朝光绪三十年(1904 年)建造，园主周馥，小盘谷是扬州小型园林的代表。小盘谷总体分为三部分，西部为平房住宅区，中部为一大厅，大厅右为一火巷，巷东即花园。花园分东西两部分，进园门，即为西园。西园有湖山叠石，旧名为"九狮图山"，因其山石外形如群狮探鱼而得名。山下有洞，有池水一泓。山洞北口，临水设"踏步"，石上嵌"水流云在"。东西花园以走廊和花墙分隔，墙南一桃门，上题"丛翠"，进桃门为东园。东院有鱼池、花厅、竹树、石笋等。

冶　春

雕龙画舫御码头，一弯碧水护城河。
绿树夹岸水绘阁，冶春早茶堪一流。

2011 年 11 月 28 日

【注释】

冶春园，原址在大虹桥西。今园始建于清末民初、南临清流、北枕低埠。有水绘阁、问月山房、香影廊等建筑。园中的草庐，碧水当窗、花木掩映，古朴中带着野趣。每日冶春御码头画舫聚集，锦旗猎猎，串串红灯，护城河绿树夹岸，风景如画。

宋夹城遗址公园

秋游夹城遗址园，苍翠林木绿荫满。
碧水绕城门桥连，登上月城观月圆。

2011年8月28日

【注释】

宋夹城遗址公园是2009年建成，有西城门、北城门、东城门及西门前的月城吊桥相连，还有西北角楼组成。

保 障 湖

保障湖畔垂杨柳，荷叶田田采菱舟。
风吹水面起涟漪，荷花深处笑声多。

2011 年 8 月 26 日

【注释】

保障湖位于宋夹城遗址公园北，平山堂东路南侧，相别桥和下马桥之间的水域，是护宋夹城的一段宽阔水面。

吴道台宅第

观音堂前西洋楼，测海楼内读书真。
中秋赏月爱日轩，院士精神中华根。

2011年8月15日

【注释】

吴道台宅第建于1904年，坐落在扬州市区泰州路中段，当年宅主吴引孙道台（曾任广东、甘肃、新疆、浙江布政使、巡抚等职）用40万两纹银，邀其表兄周颖孝督建，从浙江请设计施工人员，仿造宁绍台道衙署，结合扬州建筑风格建设而成。现为扬州院士博物馆所在地。吴氏后代多受书益，吴征铸，著名剧作家；吴征鉴，著名的医学生物学家；吴征铠，中科院院士，著名核物理学家；吴征镒，中科院院士，著名植物分类学家。

夏日古运河畔

风亭廊桥绿树绕，空气新鲜噪音少。
纳凉避暑最佳处，古运河畔风光好。

2011年7月7日

【注释】

古运河扬州段，全长29.3千米，从黄金坝向南绕城至宝塔湾13.5千米的运河城区段，是扬州古运河风光带的精华所在。对扬州人来说，她是母亲河。新世纪以来，随着古运河风光带的建成，她已成为贯穿扬城的一条绿色湿地走廊。

七律

万　花　园

万花锦绣春光媚，蜂飞蝶舞人亦醉。
叠石山涧碧泉流，四相簪花来相随。
芍药绚丽赛牡丹，桃花绽放绿叶翠。
群芳斗艳岁月稠，洁白琼花唯扬州。

2011年2月22日

【注释】

① 万花园是2005年恢复修建的，石壁流淙和四相簪花是万花园中的两个景点。四相为韩琦、王珪、王安石、陈升之，四人后来都做到宰相之位。② 芍药、琼花是扬州的市花。

竹西公园

夏日炎热趁早凉，园林佳处寻芳姿。
名人碑诗满长廊，蜀井见证扬隋史。
异国郁金香满圃，古城盆景美如诗。
月明桥下放生池，无限留连在竹西。

2011年7月9日

【注释】

竹西公园位于扬州古运河畔，1989年在古竹西寺遗址上兴建、占地130亩，取唐代大诗人杜牧的诗句“谁知竹西路，歌吹是扬州”命名。园内有竹西八景。笔者每年多次游览，每次感觉都不一样。

汪氏小苑[1]

东圈门街地宫巷，四海云集聚盐商。
三纵四进厅园宅，汪氏小苑远名扬。
月门花墙秋嫮轩[2]，春晖堂前琼花香。
小苑春深石榴红，可栖墀[3]里文章华。

2011年8月25日

【注释】

① 汪氏小苑坐落在扬州市东圈门历史街区东首“地官第”14号，清末民初大盐商汪竹铭的宅第。② 秋嫮(音户)轩。③ 墀音啼。

二分明月楼①

早晨雷雨洗暑气，游览广陵明月楼。
壁廊小亭连一体，伴月墨迹八怪留。
门洞漏窗形各月②，迎月楼上观嫦娥。
月牙桥映水满月，明月扬州数风流。

2011 年 8 月 20 日

【注释】

① 二分明月楼为扬州著名景区，位于广陵路 263 号，建于清代中叶，先由盐商员氏，后由贾颂平所建，1996 年重修，并向游人开放。
② 各月指满月、残月、新月、弯月等。

曲江公园

修竹青翠多小桥，樱花绽放绿丝绦。
划船荡漾湖中悠，居民休闲乐逍遥。
京杭之心运河娇，宜居扬州多自豪。
广陵涛涌无处觅，曲江观潮为浮雕。

2012年4月1日

【注释】

曲江公园位于扬州市文昌中路与运河北路交叉口京杭大运河畔，扬州文昌花园南。2004年建成的开放公园。公园内建有门前广场、园路、园林建筑、大片水面和近百种乔灌木，有曲江观潮浮雕图等景，是东区市民良好的休闲活动场所。

初夏砚池

小荷叶圆水面绿，太湖奇石为九峰。
砚池染翰歌声亮，池畔垂柳水影动。
绿树阴下闲人多，曲径幽深小桥东。
老人相见聊家常，下棋打牌有输赢。

2011 年 5 月 28 日

【注释】

荷花池又名砚池。池中荷叶圆圆，盖在水面上，湖心岛“砚池染翰”馆歌声扬，园内高大常绿树下闲人有的在下棋打牌，有的在聊天，有的在闲庭信步，走在跨过小溪的卵浮石相嵌的曲径上。荷花池公园今为开放公园。

琼 花 观

三清殿前银杏魁，蕃釐观内万花瑰。
天下无双为奇葩，八仙聚会缤纷美。
无双亭下井玉钩，聚琼轩内芳香醉。
曲折小径寻芳姿，游客痴迷忘家归。

2011 年 7 月 26 日

【注释】

蕃釐观俗名琼花观，位于江苏扬州城东琼花观街，是扬州市著名旅游景点之一。欧阳修任扬州知州时即公元 1048 年修建，后毁，于 1999 年重建。原为供奉主管万物生长的后土女神的后土祠，始建于公元前 11 年，至今已有两千多年的历史。

东 关 街

鲜花绽放红旗飘，国庆假日人如潮。
三和四美谢馥春，剪纸玉器三把刀。
酱菜包子牛皮糖，古街古玩老字号。
美食广场有特色，游人齐赞扬州好。

2012 年 10 月 4 日

【注释】

东关街是国家首批评选出的 AAAA 级“中国十大历史文化名街”。它东至古运河边，西至国庆路，全长 1122 米，街道路面为长条板石铺设。东关街是扬州城发展演变的历史见证，距今已有 1200 年历史。今日东关街汇集了当地传统色彩浓厚的手工艺、特色小吃、商业老字号及逸圃、个园、李长乐故居、华氏园、壶园、谢馥春等名园。

润扬湿地森林公园

江风吹起树叶响，岸边芦苇悠悠长。
水杉林间生物多，天空鹭鸟竞飞翔。
待到落日鸟归林，江边渔民点灯亮。
润扬大桥如彩虹，春江花月听歌唱。

2011年7月10日

【注释】

① 2005年和2009年两次到润扬湿地森林公园游览，园内自然生态优美，近年园中可野地露营。② 春江花月夜宾馆在公园内，有卡拉OK歌舞厅供游客一展歌喉。

赞紫藤园

街心花园紫藤萝，年年花繁枝叶长。
四月盛开蝶形花，五月荚果迎风扬。
株茎柔蔓善攀木，枝蔓爬满棚架上。
夏日炎热遮太阳，紫藤廊下好纳凉。

2011年5月13日

【注释】

① 紫藤，豆科紫藤属，是一种蔓生落叶攀援缠绕性大型藤本植物；花紫色或深紫色蝶形，十分美丽。具有较高的园艺观赏价值。

② 扬州的街心花园处处有紫藤花廊，紫花烂漫绿意浓浓，夏日紫藤架下人们三三两两坐在那里聊天纳凉，是古城一道独特的风景。

七河八岛美

七河八岛原生态，湿地植物种荟萃。
百种鸟类栖息地，河滩浅草白鹭飞。
乔灌木林次生带，水生动物鱼虾肥。
美色如画凤凰岛，广陵听涛心安慰。

2012 年 9 月 23 日

【注释】

七河八岛位于扬州市广陵区湾头镇与江都区仙女镇之间，不到 10 千米宽、河道纵横的湿地。

西园曲水公园

开放公园游人多，柳绿桃红傍水流。
西园曲水盆景奇，石舫停泊岸水头。
琵琶岛上听清曲，长廊水榭唱老歌。
卷石洞天新天地，健身走道平坦途。

2013年2月8日

【注释】

原“卷石洞天”园为瘦西湖公园的一部分，今修缮一新改为“西园曲水”开放公园，适合游人观赏休闲，有感而作。

瘦 西 湖

长堤春柳桃花红，大虹桥下船如梭。
西园曲水有石舫，卷石洞天看水流。
桃花坞中听鹂馆，登临风亭望扬州。
吹台前面留个影，白塔五亭镜中留。
二十四桥教吹箫，熙春台下听琴谣。
湖中船娘慢摇橹，两岸景色美尽收。

2008年4月18日

【注释】

瘦西湖位于扬州市中心，是国家AAAAA级风景区。近年扩建万花园，面积增加三倍多。瘦西湖园林以自然风光旖旎多姿著称于世，被誉为“两堤花柳全依水，一路楼台直到山”。

玉龙花苑[1]

三湾[2]河畔玉龙苑，填补南城无名园。
亭台楼榭一池水，东中后园特色明。
芭蕉树下听雨亭，歪脖朴树看古今。
天安门场石铺地[3]，榆树盆景为明清。
银杉化石卅万年，景曦楼聚字画名。
造园十年不用图，园林乐趣为福民。

2011年8月19日

【注释】

① 玉龙花苑为朱玉龙花十多年心血建造的私家花园(借用小楼一角，移来绿水青山)，在汤汪乡徐庄。② 三湾是在高旻寺北古运河畔。③ 地面用天安门广场国庆50周年换下的石铺成。

重阳节游古运河风光带

重阳佳节又深秋，朋友相邀运河游。
高旻寺宇闻钟磬，文峰寺前鉴真渡。
通江门下荷花池，南门码头水上游。
普哈丁园盐宗庙，东关古渡城门楼。
双东街区盐商宅，大王庙连古邗沟。
处处景观今胜昔，古代文化耀扬州。

2011 年 10 月 5 日

【注释】

重阳节（辛卯年九月九日）天气晴好，白云飘飘，朋友相邀，游览了高旻寺、文峰寺、南门码头、普哈丁园、大王庙等古运河沿岸古迹。

赞扬州“四一八”[1]

年年岁岁“四一八”，四海宾朋涌扬州。
经贸旅游争一流，淮扬美食台鳌头。
玉雕漆器工艺湛，东门城楼抛绣球。
广陵芍药胜牡丹，黄杨盆景世名留。
双东古街人如织，“绿杨城郭”水上游[2]。
文峰夕照水中耀，东关古渡迎新友。
蜀冈西峰增景色，春风十里文昌路。
幸福指数创新高，特色文化力无穷。

2011 年 4 月 18 日

【注释】

① “烟花三月”国际经贸旅游节为每年 4 月 18 日开始，5 月 18 日结束，历时一个月，年年 4 月 18 日，年年景不同，走出家门满眼皆是景。② 指瘦西湖、荷花池、古运河水上游览线。

春草晚霞诗稿

人生百味

七绝

颂中国航天

欢呼神九入太空，神舟三将驻天宫。
手控接离神宫体，高歌一曲颂英雄。

2012年6月25日

【注释】

神舟三将指刘旺(男)、刘洋(女)、景海鹏(男)，为登“神九”航天员。2012年6月16日神舟九号在酒泉发射升空并准确进入轨道，经多次与天宫一号成功自动和手动对接，2012年6月29日上午10时顺利返回地面(内蒙古某地)。

颂“最美教师”张丽莉

石榴花开映碧空，神州处处出英雄。
“最美教师”张丽莉，舍己救童代代颂。

2012年6月9日

【注释】

吉林年轻小学女教师张丽莉，为救儿童被车子轧断双腿，儿童得救了，自己生命危在旦夕，经抢救后脱险，但要截肢，救童大爱精神代代称颂。

赞绿化工人

年年植树沐春风，浇灌护理剪裁功。
十载树木长成林，城乡遍地绿荫浓。

2012 年 3 月 15 日

【注释】

十年植树，扬州街道树木葱葱，四季常绿，一年一个样，全靠绿化工人的辛劳，爱护城市的一草一木就是对他们劳动的尊重。

敬老节活动有感

手转彩盘趣味中，老人中奖满笑容。
相聚重阳喜洋洋，盛世中华百姓颂。

2011年9月29日

【注释】

重阳节，农历九月初九，二九相重，称为“重九”。汉中叶以后的道家阴阳观，有六阴九阳。九是阳数，固重九亦叫“重阳”。民间在该日有登高的风俗，所以重阳节又称“登高节”。由于九月初九“九九”谐音是“久久”，有长久之意，所以常在此日祭祖与推行敬老活动。2012年6月26日十一届全国人大常委会第二十七次会议初次审议老年人权益保障法修订草案，草案规定每年农历九月初九（重阳节）为老年节。单位退休办举办趣味活动，采用转盘摸彩获奖办法，未摸到彩的发一袋茶食，皆大欢喜，以此祝贺敬老节。

渌洋湖养殖场见闻

岸柳垂绦拍水波，塘中小舟喂鱼歌。
埂上桑林叶满枝，蚕姑掂脚摘叶多。

1969 年 6 月 22 日

【注释】

渌洋湖养殖场位于江都北部的渌洋湖，与高邮市隔河相望，是扬州市的野生动物和鸟类自然保护区。这里河港纵横，水网密布，水天一色。1969 年 6 月 22—23 日到渌洋湖养殖场度假时的所见所闻。

赞"麻袋哥"

生技学子拾废品，媒体喜称"麻袋哥"。
资助藏区贫困生，谱写时代爱心河。

2013年6月8日

【注释】

扬州大学生物技术学院生物工程班学生在校园内及学生公寓拾废纸卖钱，用于资助西藏和甘肃贫困小学生数名，这种大爱精神，得到称颂。

太空授课真奇妙

太空授课真奇妙，水滴圆球任意飘。
引发少年科技热，人间玉宇尽知晓。

2013年6月26日

【注释】

神舟十号于2013年6月11日下午升空，第二天与天宫一号自动对接，联成一体。太空飞行15天，6月20日太空授课，于6月26日（今日）上午在内蒙古某地安全着落，聂海胜、张晓光、王亚平（女）三位航天英雄健康状况良好。

七律

赞清洁工二首

一

月城未醒雾蒙蒙，竹帚横扫马路东。
枯叶垃圾扫干净，朝霞映面似花红。

二

巷尾街头扫干净，楼台庭院焕然新。
八方宾朋齐赞誉，扬城清洁真文明。

2011年4月28日

【注释】

清洁工，城市美容师，无论寒暑，刮风下雨，坚守岗位，让古城更加靓丽，清洁工辛苦了。

赞修鞋匠

修鞋师傅身材小，纳线补底手灵巧。
顾客满意众人夸，价格诚信讲公道。
补破修理技术高，手工操作很辛劳。
街头巷尾修鞋匠，方便千家不可少。

2012年5月12日

【注释】

四望亭路扬州大学师范学院门口的修鞋匠师傅身材矮小，穿藏青褂衫，修理技术高，服务态度好，价挌诚信讲公道，得到居民称赞，常去请师傅修鞋，上星期鞋跟破了去修理，未见到修鞋匠，旁边修车大叔说，病了，真是累坏的，祝他早日康复。

颂“最美司机”吴斌

客车行驶高速中，手握方向不放松。
飞来金属砸重伤，安全操作忍剧痛。
乘客无恙他献身，“最美司机”留感动。
杭城万民来送别，大爱精神永歌颂。

2012年6月6日

【注释】

2012年5月29日吴斌驾驶大客车行驶锡宜高速路上，被一飞来的金属砸碎挡风玻璃，砸中腹部和手臂，导致三根肋骨被撞断，肝脏击碎。他强忍剧痛，完成系列安全操作，将车靠边停稳，打开车门，提醒乘客报警，乘客安然无恙而自己伤重，献出了48岁生命。

颂架设雪原高压电线者

雪城高原光明送，何惧缺氧冰寒冻。
满腔热血身心暖，架起铁塔耸天虹。
共产党员打先锋，雪域路上真英雄。
战胜灾魔电线通，西藏高原满天红。

2011 年 6 月 8 日

【注释】

昨日晚上 7:30 看了中央电视台《红旗飘飘》报道了为架设从西宁—格尔木—拉萨的高压电线而奋斗在雪域高缺氧、寒冷，紫外线强和泥潭的恶劣环境中的共产党员们，他们是新时代的英雄，有感而抒发。

观看沈浩事迹有感

平原田畴产粮油，调查研究找出路。
设施农业葡萄园，种菇致富盖新楼。
筹集资金筑公路，硅谷园区唱凯歌。
两任村官红手印，为民事迹百姓留。

2012年4月26日

【注释】

沈浩2004年2月作为安徽省优秀年轻干部被选派至小岗村担任党支部书记。在小岗工作期间，先后荣获全国农村基层干部“十大新闻人物”特别奖、安徽省第二批选派干部标兵、“全国百名优秀村官”等荣誉称号。在他第二任期将结束前一个月，因积劳成疾，猝然离世，长眠在小岗。2012年4月25日上午参观凤阳小岗村大包干展览馆和观看沈浩事迹录像，深受感动。

感事抒怀

五言

家乡巨变

阔别虽几年，沧海变桑田。
稻菽成林木，阡陌向前沿。
工厂进园区，农庄集中建。
城乡连成片，工农一线连。
看病有医保，百姓乐心甜。

2013年2月9日

【注释】

2013年1月30日—31日乘车回到家乡——无锡东港镇黄土塘，见公路两旁原有农田成了林木或葡萄园，农庄集中建，工厂进园区，和几年前相比，家乡发生巨变。

七绝

印 章 情

岫玉寿山两方石，稻作研讨与会赠。
泉源手巧刻印章，兔年除夕送外孙。

2011 年 2 月 10 日

【注释】

1997 年 11 月和 2005 年 8 月分别在厦门和沈阳参加水稻研讨会，会上主办方赠送给各代表一方石头，存放在橱内，2010 年 11 月常熟高中同学丁泉源，将其刻成两外孙的印章，并于 2011 年 2 月 2 日送到外孙手中。

歌吟扬州二首

一

千年运河穿古城，水道繁忙船如梭。
旧址重修还古貌，四海宾朋赞扬州。

二

广陵古城展新颜，四时风景绿意稠。
百姓幸福笑呵呵，歌吟盛世谱春秋。

2011年3月10日

油菜花香

四月婺源菜花香，子女携友去观赏。
头戴花环野趣乐，田垅花间留影像。

2012年3月22日

【注释】

2011年3月21日女儿苏洁到江西婺源游览，欣赏油菜盛花景象，头带油菜花帽，竞相拍照留念，看了照片想到孩童时躲藏在油菜花间的情景，如身临其境有感而作。

参观老少书画展有感

书法字字形舞龙，绘画幅幅有神韵。
夕阳朝霞竞风流，练字作画健身功。

2012年10月12日

【注释】

丹桂飘香季节，扬州大学文汇路校区离退休办举办老少书画展，展出百余幅书法、绘画作品，百花争妍，最美夕阳彩霞红。很受启迪，练字作画是休闲，是健身。

医治先心病患儿

西藏地方先心病，患者皆是少儿童。
为治患儿到北京，微创手术立大功。

2012年2月4日

【注释】

2012年1月28日中央电视台报道西藏儿童患高原地方病——先天性心脏病，白玛央金、次仁等20名儿童首批到北京免费手术，这些儿童于1月29日在亲人和医生的陪护下乘直达火车经41小时到北京，在休息和体检后相继于2月1日和2日进行微创手术，手术很成功。术后1天就出院并乘飞机回家。

观象棋

下棋两人观棋多，红黑双方静无声。
汉界楚河鏖战急，胶着状态引入胜。

2011 年 2 月 13 日

【注释】

每逢星期六、日双休日下午苏农五村活动室总有一两对在下象棋，每对棋手旁有围观若干人，见其情景而作。

七律

赞红谊①

青山执教为同事，朝气风华正当时。
三十六载别离情，红谊送来《不蔓枝》②。
持之有恒五十年，一路人生心明志。
从小立志为农业，亲朋情谊最真挚。

2010年8月30日

【注释】

① 王红谊是江苏农学院教师，南京农业大学党委副书记、中国农科院党委副书记，全国农业展览馆党委书记。② 不蔓技为红谊著的《不蔓枝诗稿》。③ 2010年8月15日托顾克礼同志送来《不蔓枝诗稿》，读后很受感动和启发。

高中同学聚会有感

高中毕业五十载，秦淮河畔喜相逢。
犹记同窗风华在，心路历程各不同。
驰骋东西南北中，各自岗位建功勋。
古稀年华身健在，淡泊名利笑谈中。

2010年9月8日

【注释】

2010年9月8日—9日锡北中学60届高中毕业生约60位同学聚会南京夫子庙“都市客栈”，畅叙50年的各自心路历程，并同游白鹭洲公园。

赞86级同学毕业20周年

本科毕业二十载，今日母校来相逢。
同学朝气风华茂，专心为农向前冲。
人到中年最有劲，努力拼博立新功。
再过廿年来相会，同学情谊更加浓。

2010年11月13日

【注释】

① 2010年11月13日下午参加江苏农学院农学系86级同学毕业20周年校友会有感而作。② 86级同学中有许如根、张海泉、施劲松、马雷、丁旭、张勤等。

蔡万旭同学来扬州

丹桂飘香时金秋，万旭携妻来扬州。
阔别四十今聚首，风华青年变白头。
大学毕业各自奔，难得重逢忆学友。
相互传授健康经，心态平和去忧愁。

2008 年 9 月 12 日

【注释】

2008 年 9 月 8 日大学同班同学蔡万旭携妻和孙女来扬，住在田园宾馆，中午邀请在扬苏北农学院农学系 64 届毕业生 5 位同学一起陪蔡万旭同学（同班同组）畅叙友情。

与夏亨廉同学相聚

毕业离校四八秋，亨廉伉俪来扬州。
喜出望外来相见，同窗相聚话语多。
退休生活自找乐，休闲锻炼和旅游。
书法诗画怡心宽，夕阳红霞也风流。

2012年5月5日

【注释】

① 苏北农学院60级农学二班夏亨廉同学携夫人一起来扬州旅游，中午在田园宾馆、翌日早晨在富春花园酒店和在扬州工作退休同学农一班刘建云、宦文福和王松山老师相聚一起，畅谈同学情谊、家庭子女成长和退休生活。夏亨廉同学寄来《中国古代耕织图》藏书，真是喜出望外，由衷感谢。② 夏亨廉同学原为中国农业展览馆馆长，教授级高工，享受国务院特殊津贴。

观《苏台灯会》有感

苏台灯会夹城展，夜夜观灯人如潮。
星河灯海放异彩，两岸花灯古城耀。
引得嫦娥来观看，千红万紫报春早。
正是风景扬州美，幸福指数为今高。

2011 年 2 月 5 日

【注释】

苏台灯会为江苏和台湾共同举办，2010 年在江苏南京夫子庙秦淮风光带景区白鹭洲公园举行。2011 年在江苏扬州宋夹城举行，1 月 28 日晚灯会由江苏省省委书记罗志军按钮亮灯，副省长张卫国主持点灯仪式，扬州市委书记王燕文致辞。灯会从 1 月 28 日开始至 2 月 20 日止。

体　检

血验早晨要空腹，五村老人来得早。
测心电图和胸透，排队成龙为B超。
年年体检办实事，退休人员不心焦。
晨起锻炼走走路，心态平和身体好。

2011年4月11日

【注释】

扬州大学医务中心每年给离退休人员一次集中体检，苏农五村离退休人员体检时间为4月11日上午，此诗是描述早晨6时到医务中心时的情景。

万花园遇百名儿童游园有感

百花绽放争先后，广陵芍药尚未开。
偶遇儿童游园来，欢声笑语兴满怀。
新蕾童趣真可爱，万花园中添色彩。
民族未来希望在，快乐健康需培栽。

2011年4月29日

【注释】

扬州电视台4月27日报道，广陵芍药节五一将在万花园展出，今日去万花园想先睹为快，不料芍药尚未开，很是扫兴，不想遇到翠岗幼儿园几百名儿童来游园，为万花园增加光彩，做诗一首以抒情怀。

观"六一"晚会有感

六一晚会真精彩，花样童年人人爱。
少童竞演展新姿，内容丰富技艺湛。
儿童稚嫩多娇艳，健康快乐不娇惯。
接力传承肩重担，阳光雨露勤培栽。

2012年6月1日

【注释】

观看今日晚上8时央视庆祝"六一儿童节"晚会《幸福像花儿一样开放》，有感而作。

赞即将毕业的大学生

几度春风雨露灌，无数园丁勤培栽。
树苗长成栋梁材，莘莘学子新一代。
热血青年志满怀，各地建设在期待。
奔向西部大开发，勇往直前向未来。

2011年6月12日

【注释】

近日见扬州大学农学院内毕业的莘莘学子戴上学位衣帽，互相拍照留念，即将告别母校，走上工作岗位而作。

忆家乡往事——农村夏夜乘凉

夕阳落时云彩霞，屋前晒场桌凳长。
吃罢晚饭洗好澡，家家户户好乘凉。
村西蝉鸣才歇响，村东蛙鼓齐高唱。
黑夜来临星光亮，天南海北聊家常。

2011年5月21日

【注释】

这是上世纪五六十年代在家乡的农村往事，反映了当时人与自然和谐、邻里关系和睦的生态环境。

腌芋香甜送乡邻——忆母亲

桑田坎边长菊芋，花开不绝色金黄。
土深根处生芋块，深秋挖掘满箩筐。
洗净新芋半晒干，少盐匀拌坛中藏。
待到冬时开坛食，腌制菊芋香四方。
碗碗腌芋送乡邻，慈母仁爱永不忘。

2013 年 12 月 22 日

【注释】

今日冬至有雨，在家翻阅剪报“菊芋”，回忆上世纪五六十年代，全村唯有我家桑田旁长菊芋，每年冬天母亲将菊芋切块腌制，待到寒冬初春，母亲总是面带微笑将香甜腌芋一碗一碗送给乡邻，母亲慈祥的形象至今仍在我眼前，永不忘。菊芋，又名洋姜，是菊科宿根性草本植物，一年种植可多年收获。生长快，不择土壤，适宜家前屋后和拾边隙地栽培。秋季开花，长有黄色的小盘花，形如菊，生产上一般用块茎繁殖，食用，腌制咸菜，晒制菊芋干。

南瓜吟

一

吾家桑园拾边田[①]，兄弟放学种番瓜。
早晨傍晚肥水浇，蔓茎繁茂遍地花。
叶翠硕大瓜满田，秋日收获几箩筐。
一日三餐南瓜甜，全家靠它补粮荒[②]。

二

如今粮食有保障，饮食讲究粗细粮。
菜场买个老南瓜，当作粗粮细品尝。
嫩瓜切丝时鲜菜，休闲食品瓜子香。
菜肴多样香甜美，营养丰富人人爱。

2012年8月2日

【注释】

① 拾边田：苏北称大块田的边角的地方。② 1958—1960年粮食定量供应，每人每月大米12 kg，常常吃不饱，多亏了拾边田的南瓜，全家度过了难忘的时期，回忆过去，感慨万千。南瓜又名番瓜、金冬瓜，是葫芦科南瓜属的植物。原产于北美洲。南瓜嫩果是夏秋季节的瓜菜之一，老瓜可作饲料或杂粮、南瓜甜饼，南瓜瓜子可以做零食。

水稻友情

同乡同行南北洲，水稻会上结谊友。
闻兄研究几十载，水稻科技成果多。
著书立说传后辈，岭南稻作堪一流。
华南水稻超高产，动态株型庆功酬。

2012年3月3日

【注释】

张旭是广州农科院水稻所研究员，笔者认识他近二十五年，初见无锡夏家边，雅安川藏九寨游，棋盘山庄花博会，二十四桥东关渡，水稻会议结友谊。壬辰新年寄来贺卡，特写拙诗一首致谢。

参观现代设施和农业生态园

设施农业现代化，砂培管道种庄稼。
茎叶繁茂满园绿，瓜蔬硕果棚上挂。
观赏植物种荟萃，沙头农业堪最佳。
园艺蔬菜生态园，休闲餐饮乐农家。

2012年10月15日

【注释】

苏农五村退休四支部组织生活：参观京杭之心、沙头现代设施和农业生态园展示馆。并在扬州市西江生态风景区农家乐午餐，下午2时回校。

重阳泰州游

退休老人重阳游，一路欢歌乐无忧。
海陵市貌展新容，伟人古居耀泰州。
圣寿寺庙香火袅，秋莺湖园观鱼游。
生态游览心怡然，心中有佛世事和。

2012年10月23日

【注释】

扬大农学院组织离退休老人重阳节到泰州游览。参观了胡锦涛就读的泰州一中、胡锦涛姑妈家旧居和秋雪湖生态景区（渔业）、泰州牧校生态园区及泰州古圣寿寺等。

南大法语班同学相聚有感

结业离校四十秋，同学相邀故地游。
南北两园依然在，古典平屋变高楼。
笑忆南大学法文，三年结业回扬州。
执著追求为农教，默默无闻献春秋。
光阴荏苒转瞬逝，青春学子成老头。
同窗相聚话今朝，退休生活乐无忧。

2012年5月23日

【注释】

2012年5月19—21日是南京大学110周年校庆，黄士星同学邀请七五届南大法语培训班同学相聚，40年后相逢，叙友情，话光阴，到南大校区寻访教室，昔日古色古香的建筑已被现代化高楼代替，并参观了以培养本科学生为主的仙林新校区。南北两园指20世纪70年代广州路校区南园为生活区，北园为教学区。

祝贺桂娟七秩华诞

桂娟已届七十寿，回忆往事犹昨过。
表妹同事来牵线，插队知青臭老九。
相识相知渌洋场，喜结连理六八秋，
勤俭持家育儿女，忙里忙外不言愁。
病弱身体勤锻炼，心中装着亲朋友。
相濡以沫四拾五，余年相伴永随久。

2012年2月20日

【注释】

桂娟1943年3月9日生于扬州院大街正谊巷。在扬州西门街小学毕业后到淮阴中学读初中和高中，1963年高中毕业后在家待业，于1966年插队到江都渌洋湖养殖场做会计，并于1972年调扬州粮食车船队做会计，1986年调到扬州卫校做会计，至1999年退休。

大姐情怀

大姐兔年八十八，身体健康弟放心。
女儿女婿很孝顺，服侍大姐真温馨。
姐弟情深日久长，大姐对我最关心。
中学读书供午餐，困难时期更真情。
返校大水船不通，姐姐伴我走锡城。
寒暑假日回家去，送来肉香米酒醇。
大姐一生挺坚强，待人亲切又热诚。
父母去世姐最亲，年年回乡不忘恩。

2011年5月3日

祝贺凌老师八秩华诞

癸巳蛇年八秩秋，满堂学子来庆贺。
心系三农致富经，潜研稻菽结硕果。
作物栽培创理论，粮食增产遍神州。
稼禾硕丰大地美，桑榆晚景更风流。

2013 年 5 月 10 日

【注释】

凌启鸿，江苏农学院教授、博士生导师，著名的农学家、作物栽培大家。曾任江苏农学院院长、江苏省副省长、人大副主任等职务，现为江苏省老促会会长、江苏省诗词协会会长和江苏省少儿福利基金会会长。

扬州喜获"国家森林城市"称号吟

绿杨城郭新扬州，林水人文融一体。
古运河畔绿树斧，蜀冈西峰森林奇。
六载植树靠民众，永久绿地立法依。
四季皆绿百姓赞，幸福底色是绿地。

2011年6月19日

【注释】

① 2011年6月18日扬州喜获"国家森林城市"称号。全国获此殊荣的有辽宁省大连市、吉林省珲春市、浙江省龙泉市、河南省洛阳市、广西壮族自治区梧州市、四川省泸州市、新疆维吾尔族自治区石河子市。② 扬州市从2005年开始创建国家森林城市至此已六年，至2010年市区人均公园绿地面积近13平方米。

咏物寓意

五言

盲　　道

盲人行路歉，走路靠竹点。
盛世铺盲道，路通脚向前。

2011年9月3日

【注释】

① 盲道是专门帮助盲人行走的道路设施。盲道一般由两类砖铺就，一类是条形引导砖，引导盲人放心前行，称为行进盲道；一类是带有圆点的提示砖，提示盲人前面有障碍，该转弯了，称为提示盲道。② 近年来扬州市城区主要街道都铺设盲道，铺设盲道体现着社会对残疾人的尊重，同时也是考量扬州文明建设和市民文明的重要指数。

风

一

来去永无踪，碰面只闻声。
云驱仗势行，拂水起波纹。

二

有时力凶顽，田禾遭摧残。
气象准确报，众民早安排。

2012年7月10日

【注释】

风是地球上的一种自然现象，它是由太阳辐射热引起的。太阳光照射在地球表面上，使地表温度升高，地表的空气受热膨胀变轻而往上升。热空气上升后，低温的冷空气横向流入，上升的空气因逐渐冷却变重而降落，由于地表温度较高又会加热空气使之上升，这样空气的流动就产生了风。

春　雪　吟

一

早春惊暴雪，随处雪梅开。
踏雪观风景，古城更风采。

二

道路积雪厚，人车路难行。
众民来清扫，雪清路干净。

2013年2月20日

【注释】

2013年2月18日下午5时至19日晨扬城普降暴雪，厚度达21厘米，是扬州有气象记录以来的第三场大雪。翌日出门观景，遍地白皑皑，树上的雪似梅花绽放……，众民正清扫门前雪，所见有感而作。

书　　橱

书橱六七层，中看不实用。
放置小物件，式样不相同。
礼品会议赠，物小意义重。
陈列橱窗中，满室雅趣浓。

2011 年 5 月 19 日

【注释】

1998 年买的书橱美观大方，但中看不实用，书放多了橱变形，只能放置小而轻的物件，如会议赠品或自购的小物件，各色各样别有风味，虽不具备收藏价值，尚有一些文化和书香气息。

杂　草

杂草自天成，营养靠竞争。
绿圃杂草多，消灭要除根。

2011 年 10 月 2 日

【注释】

文昌路街侧绿化圃种植灌木冬青，美化环境。绿化圃中入侵植物露露藤蔓延，几乎消灭了灌木冬青，绿化工人仅将其藤蔓拉掉，未去根，过了个把月露露藤又蔓延开来。

咏十二生肖动物

鼠

齿坚目光短，白天藏洞中。
夜间四处闯，最怕捕鼠笼。

牛

养牛遍城乡，鲜奶送工厂。
食草排鲜奶，都说牛奶香。

虎

老虎威猛凶，野山有行踪。
动物园中虎，关在铁笼中。

兔

兔有三洞窟，为命躲顽凶。
灵巧奔跑快，直上广寒宫。

龙

人说中国龙，从古话到今。

只要精神在，中华民族兴。

蛇

未见蛇吞象？食鼠为本能。
灵蛇显春荣，生态可平衡。

马

马蹄钉铁掌，为要上沙场。
老马能识途，驮主回家乡。

羊

天生性善良，毛绒细又长。
羊皮缝衣裳，我爱喜羊羊。

猴

猴有灵巧身，林间善攀登。
无虎猴称王，群猴闹翻腾。

鸡

鸡鸣报天晓，催人早起身。
斗鸡观精神，养鸡为民生。

狗

狗忠看家门，更为媚主人。

不嫌剩饭菜，羊群守护神。

猪

养猪为宰杀，因为肉味香。
生态猪场好，猪肉有营养。

2013 年 6 月 28 日

【注释】

十二生肖，是由十一种源于自然界的动物即鼠、牛、虎、兔、蛇、马、羊、猴、鸡、狗、猪和传说中的龙组成，用于农历纪年，顺序排列为子鼠、丑牛、寅虎、卯兔、辰龙、巳蛇、午马、未羊、申猴、酉鸡、戌狗、亥猪。人们的年龄常用出生年的属相表示。

七绝

阶　石　颂

门前台阶二三级，阶石平整磐如坚。
任它风雨众人踩，默默无闻重在肩。

2012年7月6日

雷　雨

日暮黑云城欲摧，霹雳轰鸣怒发威。
倾盆大雨深夜停，翌日清晨朝霞辉。

2012年7月11日

【注释】

① 雷阵雨是一种天气现象，表现为大规模的云层运动，比阵雨要剧烈的多，还伴有放电现象，常见于夏季。② 昨日傍晚始，夏日第一次雷电交加，阵阵大雨持续到深夜（旱情得到缓解，旱田作物有救了），早晨暑微，朝霞满天空，心情舒畅。

蚊　　子

一

嗡嗡叮咬扰睡眠，小小蚊子最可恨。
睡前药液来喷射，蚊灭方能睡安稳。

二

蚊子叮咬传疾病，危害人类首杀手。
消除蚊子藏身处，家庭洁亮无处躲。

2011 年 6 月 16 日

【注释】

蚊子，属于昆虫纲双翅目蚊科，全球约有 3000 种。是一种具有刺吸式口器的纤小飞虫。通常雌性以血液作为食物，而雄性则吸食植物的汁液，蚊子危害主要是传播疾病。比如：登革热、疟疾、黄热病、丝虫病、日本脑炎等。所以，蚊子被称为“人类的第一杀手”。

雨　伞

骨瘦衣单总莫论，每逢圆处亦温存。
从来不肯居人下，深恐衣裙带雨痕。

2011年8月10日

【注释】

伞是一种提供阴凉环境或遮蔽雨、雪的工具。雨伞的其它作用包括作为装饰物、拐杖甚至兵器。

秋日傍晚观云

白絮朵朵飘空中，千变万化无尽穷。
层层叠叠任意形，落日夕照映霞虹。

2012年8月23日

【注释】

云是指停留大气层上的水滴或冰晶胶体的集合体。云是地球上庞大的水循环的有形的结果。太阳照在地球的表面，水蒸发形成水蒸气，一旦水气过饱和，水分子就会聚集在空气中的微尘(凝结核)周围，由此产生的水滴或冰晶将阳光散射到各个方向，这就产生了云的外观。

赞 松 树

杆粗挺拔傲长空，苍劲姿秀郁葱葱。
翠色不改四时春，雪后叶绿更加浓。

2012年12月28日

【注释】

松树为常绿树，绝大多数是高大乔木。高20～50米。轮状分枝，节间长，小枝比较细弱平直或略向下弯曲，针叶细长成束。因此，其树冠看起来蓬松不紧凑，“松”字正是其树冠特征的形象描述。松树寿命长久，可达几千年。

咏　竹

叶茂竿高欲破天，盘根错节紧相连。
本色向上性且直，朴实无华不争妍。

2012年7月31日

【注释】

竹，是禾本科的一个分支竹亚科的总称，分布在亚热带地区，有低矮似草，又有高如大树。通常通过地下匍匐的根茎成片生长。也可以通过开花结籽繁衍。为多年生植物。有一些种类的竹笋可以食用。已知全球约有150属，1225种。

即　　景

万花园中草木知，海棠梨花展英姿。
郁金香圃新苗绿，桃花含苞露满枝。

2013 年 3 月 24 日

【注释】

草木知指瘦西湖万花园中的草木都有名称，每个苗木和花草都挂牌。近日天气时冷时热，万花园中郁金香圃新苗绿，只见海棠、迎春绽满技，迎候游客欣赏。

文竹盆景

层层绿云任意飘，似竹似松瘦且娇。
放置居室添雅韵，山水之景美自豪。

2012年9月6日

【注释】

文竹又称云片松、云竹，为多年生常绿藤本观叶植物，著名的观赏植物。为百合科天门冬属植物文竹，以盆栽观叶为主，又为重要切叶材料。

吟 野 草

冬寒摧残野草蔫，土层深处根壮健。
春回大地年年碧，不与百花争娇艳。

2012年2月12日

【注释】

野草植根土壤具有强大生命力，根系强壮，来年春暖发芽，依旧遍地青绿。

一枝黄花

外侵植物一黄花，此花开处无他花。
不被美丽蒙眼花，从小除根消灭它。

2011年10月28日

【注释】

一枝黄花，属菊科多年生草本植物，是一个多型性的种，叶形与花序有极大变化。原产于北美洲，我国长江流域以南省份及陕西南部、台湾等地广为分布。现成为威胁极大的外来入侵物种之一。

春　雪

气象信息准确报，昨夜春寒雪花飘。
待日雪融润禾苗，龙年金秋丰收兆。

2012年2月10日

【注释】

兔年末未下雪，天气预报近日下雪，今晨看到大地一片白，雪花飘飘继续下着，这是入冬以来下得最大最长的雪，日暖翌日雪触，滋润禾苗，预示着今年又是丰收年。

七律

古巷新貌

古城小巷连四方，砖石路面青砖墙。
雨污管道分开埋，路面平整排水畅。
绿色蔓萝爬墙上，老屋炎暑也阴凉。
风雨过后有彩虹，生活环境变新样。

2011 年 7 月 25 日

【注释】

据不完全统计，扬州有 400 多条巷子，近年扬州市花大力气投资改造老城区几百条小巷，雨污分流，青砖石板地面，生活环境显著改善，得到百姓赞誉。

文昌夜景

夕阳西下华灯上，溢彩流光入眼帘。
文昌商圈通透亮，广陵闹市不夜天。
商家出招搞促销，打折搭配兑现钱。
人群走动如潮涌，赢得商家笑开颜。

2011年7月24日

【注释】

文昌商圈每到周末华灯初上，流光溢彩，人群如织，热闹非凡。商场各出奇招搞促销，收入增加，人民生活富裕，社会和谐。

空 调 吟

入伏湿高气压低，蛰居楼屋汗淋漓。
开启电扇风不凉，背心裤衩少穿衣。
冷器吹送降温奇，内外温差要适宜。
空调开放时间长，室内要换新空气。

2011 年 7 月 27 日

【注释】

空调即空气调节器，空调是一种用于给空间区域提供处理空气温度变化的机组。据报道空调温度不宜过低，温差不宜超过 6℃。入伏后一般家庭空调为 26℃～28℃最佳，室温过低，与室外温度差异过大，人不适应，易生空调病。

乘公交车

外出何须怕走路，公交汽车来乘坐。
村前街边有站台，刷卡乘车便捷多。
各站车次有多路，东南西北任君游。
车上有坐又说笑，老人出门不用愁。

2011年7月5日

【注释】

近年扬州公交发展迅速，已有公交线路上百条，遍布市区各个角落及乡村各地，交通十分方便，70周岁以上老人免费刷卡乘坐。苏农五村门前站台2至3分钟就有一辆车经过，乘车十分方便。

五月艾叶菖蒲香

池塘浅滩菖蒲茂，门前艾草绿叶翠。
艾叶香烈驱百虫，菖蒲辛辣祛避邪。
端午前夕人青睐，家家户户忙采购。
多种艾草和菖蒲，绿色环保自然美。

2011 年 6 月 5 日

【注释】

艾为多年生草本菊科植物，高 45 至 120 厘米；茎具明显棱条，上部分枝，被白色短绵毛。市售艾叶为艾的干燥叶。夏季花未开时采摘，除去杂质，晒干。菖蒲为多年生水生草本植物。有香气。菖蒲是中国传统文化中可防疫驱邪的灵草，与兰花、水仙、菊花并称为“花草四雅”。端午节，是一个全民防疫祛病，避瘟驱毒，祈求健康长寿的节日。

粽叶飘香

端午节日尚未到，粽叶青青已飘香。
五村门口卖粽摊，肉豆米枣色各样。
糯米粽子裹上糖，幸福日子蒸蒸上。
每个佳节有特色，过了端午又重阳。

2011年5月4日

【注释】

① 端午节为每年农历五月初五，又称端阳节等。端午节是中国汉族人民纪念屈原的传统节日。端午节有吃粽子，赛龙舟，挂菖蒲、艾叶的习俗。“端午节”为国家法定节假日之一，并被列入世界非物质文化遗产名录。② 粽子又称“角黍”、“筒粽”，是端午节汉族的传统节日食品，由粽叶包裹糯米蒸制而成。

腌 菜 香

小雪过后天渐寒，大菜上市腌菜忙。
洗净菜根晒萎蔫，粗盐适量拌菜缸。
盐菜匀和上下翻，腌透菜身坛中藏。
冬天咸菜鲜味美，夏日干菜烧肉香。

2012 年 12 月 15 日

【注释】

① 腌咸菜的菜，叶柄高大颀长，俗名大菜，是青菜的一种，入冬后专门用作腌咸菜，到了春天，天暖，将湿咸菜晒干，俗称梅干菜。
② 腌大菜食盐不宜过少，一般百斤大菜 7 斤盐，腌制的大菜一定要等腌透（亚硝酸盐降到最低即安全范围内、一般 2—3 周）后才可食用。随着百姓生活水平提高，和返季节蔬菜大量上市，腌大菜的少了，城乡家家户户腌咸菜的情景将成为老一代人心中的记忆。

十 香 菜

春节除夕一道菜，十种蔬菜拼凑来。
竹笋百叶胡萝卜，木耳香菇金针菜。
水芹咸菜酱瓜姜，绿黄白黑多色彩。
咸中带甜色香全，味道鲜美百姓爱。

2013年2月1日

【注释】

“十香菜”为菜名，扬州市民传统过年一般都要炒一样素菜，叫“十香菜”。以冬腌咸菜为基础，配以胡萝卜、金针、木耳、冬笋、水芹、黄豆芽、百叶、面筋、豌豆苗、花生米等十多种素菜，重油炒成，往往在以荤菜为主的除夕年夜饭中最受欢迎。

荠　　菜

荠菜枸杞马兰头，早春田头遍地是。
野菜鲜嫩数荠菜，阳春三月最当时。
识别真假看形态，叶片平状似锯齿。
乡村春意自然美，踏青挖菜一首诗。

2013年3月10日

【注释】

荠菜又名鸡脚菜，为十字花科植物，是一种人们喜爱的可食用野菜，遍布全世界。荠菜为最早发华的报春菜，具有顽强的生命力，荠菜的蛋白质含量，每百克高达5.3克，比一般绿叶蔬菜高2—10倍，含铁6.3毫克，仅次于芹菜；维生素C 55毫克。

喝　茶

龙井毛尖碧螺春，春夏茶叶有新陈。
一年四季茶来伴，亲朋好友茶相赠。
晨起沏好一壶茶，当天饮茶有精神。
清茶一杯待客人，茶叶要比咖啡真。

2011年3月28日

【注释】

龙井、毛尖、碧螺春为茶名；春夏为春天和夏天摘的茶的简称；新指当年的茶为新茶，陈指贮藏一年以上的茶为陈茶。

走进“世界动物之窗”

“世界动物之窗”园，动物标本贝林赠。
走进非洲标本馆，各种动物形传神。
热带雨林生态美，身临其境感受深。
游客观赏长知识，人与动物共生存。

2012年7月20日

【注释】

①“世界动物之窗”园区在瘦西湖路西与平山堂东路北。②贝林为美国人，世界轮椅基金创始人，野生动物保护专家，著名慈善家。

秋　雾

田野秋望影溟蒙，寒雾霏霏混碧空。
高层楼台浓淡裹，汽车慢行观绿红。
高速公路全封闭，等候车辆排成龙。
顷刻西风吹叶落，蓝天白云日华红。

2011年11月11日

【注释】

雾在水气充足、微风及大气层稳定的情况下，如果接近地面的空气冷却至某程度时，空气中的水气便会凝结成细微的水滴悬浮于空中，使地面水平的能见度下降，这种天气现象称为雾。凡是大气中因悬浮的水气凝结，能见度低于1千米时，气象学称这种天气现象为雾。近几天扬城市区大雾，高速公路封闭，此为描述街上汽车开灯景象。

乡村秋色

大雁争飞不失群，无边秋色情氛浓。
梧桐叶落秋水碧，荷叶枝残夕阳红。
湖边芦花花花白，木芙蓉开朵朵红。
远望炊烟袅袅起，风景依稀画图中。

2011 年 11 月 13 日

【注释】

扬州郊原，深秋蓝天白云，群雁南飞，地面稻菽苍苍，湖边芦花白，荷叶枝残，木芙蓉花红，一幅美丽图画，美景尽收，让人胸襟开阔，心旷神怡。

城市秋色

又是橙黄菊绿时，古城秋色更多姿。
万株枫叶红烂漫，海棠果红挂满枝。
梧桐黄叶别样美，绚丽悦目三色树。
人与自然相和谐，游人赏秋若迷痴。

2012年11月8日

【注释】

扬城内的枫树有青枫（霜后才红）、鸡爪枫（一年四季是红）等，分布在公园和街道路旁；贴梗海棠和垂丝海棠为常见；红黄绿相间的三色树主要分布在市政府前文昌中路上和瘦西湖等公园内。

人工降雨

水库湖泊缩水多，干旱少雨田裂缝。
千个塘坝等雨水，油麦豆茶缺水送。
祈盼天公降雨来，观测云层变幻穷，
人工增雨降甘霖，敢叫风雨能顺从。

2011年5月23日

【注释】

1月至5月未下透雨，是近五十年来雨量最少的年份，干旱少雨，江河湖泊缩小多，仪征后山区近千个塘干涸，油菜、小麦、茶树叶片枯萎，再不下雨就会影响产量，农民祈盼下雨，为缓解旱情，昨日人工增雨喜降甘霖，农作物得以解渴。

秋　思

秋阳秋风和秋雨，落叶和泥化作肥。
待到翌年春来时，小草破土遍地绿。
艳果连枝原一体，红花绿叶两相依。
点缀江山美如画，春华秋实难分离。

2011年9月1日

【注释】

白露后天气渐凉，树叶纷纷落下，雨后和泥化作植物肥料，到来年春草破土遍地绿。

稻菽情怀

五言

梅雨季节

一

今年入梅早，正值插秧周。
连雨不知晴，绿色遍地稠。

二

梅季插秧忙，秧田水层深。
连日降雨水，处处有蛙声。

2011 年 6 月 18 日

【注释】

《扬州晚报》报道今年 6 月 14 日入梅，比常年较早，为入梅日期的上限。早上听到蛙声一片，看农院成片试验田已插上绿色秧苗了，并已活棵，这是阴雨黄梅天的功劳。

赴朱湖农场看珍糯稻有感

珍糯产朱湖,此米酿好酒。
引种到扬州,种稻有讲究。
播种要适早,肥料要减少。
稻苗管理好,产量才能高。

2011 年 9 月 25 日

【注释】

应五丰富春杨、李经理之邀与陆自强教授驱车从扬州出发,沿沪蓉高速到湖北武汉以北的朱湖农场大田看水稻品种珍糯成熟期及熟相,并听取了技术员的介绍。

秸秆是个宝

机械收割稻，稻草一烧了！
农民图省力，典型来引导。
秸秆是个宝，粉碎作饲料。
还田增土肥，发电最环保。

2012年10月25日

【注释】

今年水稻丰收，稻收后多数稻草还田，少数农户图省力采用一烧了之的方法，空气遭到污染。稻草可编织草袋和草绳，还可发电，是种菇填料，粉碎后可做饲料，也可还田增加土壤肥料等。

七绝

稻 苗 吟

夕阳田头观稻苗，叶翠鞘青分外俏。
待到稻穗扬花时，花香四溢农家笑。

2011 年 8 月 8 日

【注释】

生长中的水稻长相早上差，露水重压叶片，叶松散无序，较难看；而落霞前叶挺而翠，最好看，而姑娘总是早晨梳妆打扮得漂亮，俗语“朝看姑娘，晚看秧”就是这个道理。

农田秋色

满畴稻穗沉甸甸，阡陌豆荚似棒棒。
一片金黄一幅画，怡人秋色暖心房。

2011年10月15日

【注释】

2008年10月18日参观常熟市农业局水稻生态种植示范方。江苏苏南很多农村，田里种稻，田边点种黄豆，这种生态种稻能抑制稻田病虫发生，稻豆丰收。

秋收时光二首

一

穗稠粒饱满地黄，时逢晚秋稻收忙。
农村田野如画幅，笑看机割粮归仓。

二

晚秋农场看水稻，穗厚风吹逐浪滔。
新洋海河到滨淮，万顷水稻产量高。

2011年10月27日

【注释】

2011年10月27日下午应张洪程教授之邀，乘车到射阳县创建水稻高产方验收，从新洋到滨淮农场，看到穗稠粒黄的稻田中，收割机正欢快地收稻，深受感动。

稻香醉心甜

万顷稻田望无边，稻香四溢醉心甜。
田间机收谷满仓，喜看农民笑开颜。

2012年11月9日

【注释】

应顾克礼研究员之邀，到宝应泾河，经曹甸到小官庄考察麦田套稻百亩方，一路上看到田间处处在机收，收割机来回收割如穿梭景象，由于今年在结实期间未受风灾影响，产量普遍较高，在收割田头，稻农喜出望外，笑逐颜开。

赞稻花

千顷良田吐稻花，色泽淡雅无奢华。
风吹稻蕊翻金波，芳香清气醉农家。

2012年8月25日

【注释】

8月是水稻抽穗扬花的季节，田野一片黄绿色，清香扑鼻，让人陶醉，心情舒畅，这是水稻栽培人对水稻的感情。

农村收麦

西南风吹小满到，麦熟收割农人忙。
倾巢挥镰需几日，今年神州几时辰。

2011年5月15日

【注释】

神州指神州牌小麦联合收割脱粒机。

插 芋 忙

忽闻雷声四周起，男女老少出勤齐。
田头边角忙插芋，雨滴沥沥知人意。

1961 年 6 月 6 日

【注释】

① 甘薯属旋花科，一年生或多年生蔓生草本。又名山芋、地瓜、红苕等。是重要的蔬菜来源，块根可作粮食、饲料和工业原料，用途广泛。② 几天没有下雨，插夏山芋苗的季节快过了，老天不下雨山芋也要栽下去，不料午后雷雨将插好的苗浇了一遍，真是喜雨，上世纪 60 年代山芋种植面积较大，是一些地区的主粮。

咏棉花二首

一

不恋庭园爱田野，枝繁叶茂竞芳华。
满枝花蕾次第开，秋见棉田吐絮花。

二

沃野千里满目葱，吐絮棉田连白云。
天山南北棉丰收，专列载来摘棉工。

2012年10月18日

【注释】

新疆天山南北，垦区适宜棉花生长，是我国的产棉主区。每年秋季从河南、四川等地火车专列运送万名农民去新疆棉区拾棉。近年逐渐被采棉机械代替。

机械割稻赞

机械割稻快又好，谷粒归仓秸秆留。
水稻适割种麦早，翌年夏熟又丰收。

2011年11月2日

【注释】

2011年10月31日至11月1日到高邮、响水和阜宁考察水稻高产创建方的产量。一路上看到联合收割机正在收割水稻，秸秆留田，有些稻田已种上小麦，麦苗放青，一派秋收秋种的景象。

打谷场上

一

打谷场上红旗飘，劳动热情似浪涛。
稻把高举用力掼，谷粒乖乖往下掉。

二

打谷场上金灿灿，谷粒堆得如山高。
颗颗晶莹赛珍珠，粒粒归仓农民笑。

三

打谷场上歌声扬，稻架底下闪金光。
年年欢庆丰收年，人人感谢共产党。

1964 年 10 月 5 日

【注释】

① 参加施桥公社吴楼村场头劳动随想。② 稻架指用于掼稻的空格稻床。

抗洪排涝组诗

一、出　发

东方吐出鱼肚白，登上汽车就出发。
一路飞驰嫌不快，心儿啊在向前跨。

二、挑　土

多装铲土上大堤，肩挑泥土向前跑。
长堤围筑十八[①]前，千里江堤定能保。

三、抢　险

长江水位不断涨，快过警戒线屏障。
众人动手筑大堤，不让潮水进土墙。

四、休　息

休息哨子吹几遍，大家坐在扁担边。
唱上一段《红灯记》，疲劳消尽意志坚。

五、抗洪结束

六圩挑土三天重，腰酸脚疼右肩肿。

睡眠直至早饭钟，白天精神更轻松。

1967年7月31日

【注释】

① 农历每月十八日是月亮吸引江海潮水最猛的一天。

忆黔桂稻区水稻考察

一

坝塘平畴禾苗青，田头诊断农民欢。
一路下田看水稻，山奇水美无暇观。

二

黔桂稻区讲“叶模”，传授高产种稻经。
夏季田野禾苗翠，秋传稻丰捷报频。

2013年9月2日

【注释】

1989年8月26至9月3日叶龄模式协作组一行13人赴黔桂稻区考察水稻生长情况，边讲课边田间诊断，受到当地领导和农民的欢迎，虽然一路辛苦也觉心甜。

七律

水稻栽培颂

选种育秧培苗壮，插秧稀密宜适中。
施肥灌浇因时苗，叶健茎壮根深广。
穗头齐整扬花香，稻穗澄黄满田畴。
籽粒饱满金晃晃，栽培技术立功勋。

2011 年 4 月 1 日

【注释】

水稻高产品种，因种栽培管理。良种良法配套，高产高效成功。

陈永康落谷现场会

六十年代样板田，农田整齐耕作细。
水稻育秧现场会，劳模表演落谷稀。
土肥水浅平如镜，秧苗手插六棵齐。
叶叶稻苗有韵味，株株茁壮农人喜。

2013年2月18日

【注释】

陈永康为江苏省农科院研究员、农业部劳动模范，知名的水稻栽培专家。

赞稻田养鸭

水稻田中鸭子养，群鸭穿行稻丛中。
啄泥松土除杂草，不用农药无害虫。
鸭粪下田赛化肥，稻苗生长日日重。
八月稻秀鸭上市，生态稻米不是梦。

2002 年 6 月 18 日

【注释】

稻田养鸭是一种生态种稻模式。“稻田养鸭”是作者编导的《无公害稻米生产》科教电视片中的一集，2003 年摄制完成并在中央电视台七频道上播放。

考察菱塘水稻感想

金秋八月稻花香，考察菱塘水稻方。
路东穗沉金灿灿，路西穗翘叶青壮。
为啥稻相不一样，栽培技术有异同。
因地因苗巧施肥，科学种稻是真功。

2009 年 9 月 1 日

【注释】

9 月 1 日上午应薛元龙研究员之邀与陆自强教授到菱塘乡某村，路两边田块水稻熟相不同，考察形成原因。饭后参观了古清真寺和居民新村。菱塘位于扬州市北京杭运河以西，是江苏省唯一一个回族少数民族之乡。

又到麦收季节

六月薰风小麦黄，麦熟收割不用慌。
收割脱粒自动化，小麦粒粒全归仓。
迁徙游走赶麦场，“现代麦客”收割忙。
饱尝艰辛苦中乐，多收几亩心舒畅。

2012年6月16日

【注释】

麦客指流动的帮别人割麦子换取收入的职业，至今已有百年历史，随着经济发展，这一职业已变人工收割为收割机收割脱粒，这群麦客现称“现代麦客”，游走于江淮麦区。

咏 油 菜

秋植经冬傲雪霜，春暖叶茂根茎壮。
植株盖地一片绿，四月花开满地黄。
映日摇风自散香，蜂飞蝶舞采蜜忙。
枝枝角果籽丰盈，岁岁丰收献农庄。

2013 年 4 月 15 日

【注释】

油菜，十字花科一年生草本植物。秋时播种，初冬移植，幼苗在田间越冬，来年三四月间开花，总状花序，花黄色。种子紫黑色，可榨油，出油率 35%左右。油菜花花粉中含有丰富的花蜜，花开时清香四溢，常引来翩翩彩蝶舞于花间，平添了乡间田园缤纷的景致，值得观赏。

机插秧赞

平畴阡陌望无边，机插小苗秧成行。
无需半昼绿满地，水稻机插技术新。
小苗刚栽水中田，促根返青最要紧。
浇灌施肥除草勤，禾苗茁壮露珠盈。
苗青风吹起绿波，稻熟穗沉满畴金。
神农潇洒收割忙，千村万户同笑吟。

2011年2月25日

【注释】

神农指神农牌水稻联合收割机

塑盘育秧

布谷迟鸣春汛晚，稻田育秧时节追。
塑盘长方地平整，育秧流程环环扣。
谷粒饱满均匀播，秧盘衬土要培肥。
盖土厚度谷不见，覆盖地膜有定规。
调节气温保湿度，幼芽出土快如飞。
揭膜施肥又灌水，秧苗整齐绿满畴。

2011 年 5 月 16 日

【注释】

塑盘育秧是继机插或抛秧稻的另一种育秧方式。一般从播种到适宜移植秧苗历时 18—20 天。

忆青山育秧

青山上课学种稻，春耕育秧任务重。
盐水洗种粒粒饱，谷堆调温芽壮匀。
秧板软硬又平整，冷尾暖头抢播种。
撒种均匀泥塌头，谷粒固定表土中。
天气晴朗睡好觉，半夜猛雷惊醒梦。
抢着雨衣下田中，上水护苗怕苗冲。
待过几个晴天日，满田秧苗绿葱葱。

2011年5月9日

【注释】

1976年春江苏农学院在青山办学，生产实习大多回家乡进行，仅有30多位学生留在青山实习育秧工作，时隔已有三十多年了，回忆这段经历，当时老师的辛劳换得学生的尊重，记忆难忘。

春草晚霞诗稿

岁月如歌

五言

退休十年有感

退休越十秋，往事频回首。
苏农同学情，峥嵘岁月稠。
红心向着党，热于求知高。
毕业到农村，青春涌春潮。

执教四十载，不用扬鞭抽。
学子勤培栽，稼禾结丰果。
耕耘甚艰辛，收获报农酬。
淡淡平平生，默默无所求。

退休为自然，休闲也是忙。
学习更学习，知识不会荒。
诗文怡心宽，下棋耗时光。
年老身体健，全家福安康。

2013 年 1 月 18 日

趣味运动会

趣味运动会，赛手离退休。
比赛项目多，为能动动手。
每人选四项，名次不讲究。
重要在参与，人人乐无忧。

2011年5月12月

【注释】

文汇路校区离退休人员趣味运动会每年5月举办。比赛项目：飞标、保龄球、夹弹子、套圈、钓鱼和手球、门球、乒乓球投准等。

七绝

忆初中同学情

家乡田野晚霞红，小舟荡漾在湖中。
朝气蓬勃两青年，畅谈憧憬满心胸。

2011 年 6 月 5 日

【注释】

上世纪 60 年代初中同学骆永明考上吉林某专科学校，暑假回乡两人经常到离村庄不远的湖中划船，畅谈理想，无忧无虑，觉得生活很开心。1962 年吉林某专科学校解散，骆永明回家待业，后在东湖塘乡政府工作。

家乡往事——捉虾

仲夏汛季闷热天，午后雷声骤雨来。
翌晨河边捉鱼虾，收获满篮笑颜开。

2011 年 5 月 21 日

【注释】

这是上世纪五六十年代在家乡的往事，反映了当时良好的生态环境。

诗中乐二首

一

退休居家学赋诗，缘于红谊[1]不蔓枝[2]。
春夏秋冬诗中乐，动脑动手可明智。

二

课堂未读古文书，至今赋诗夜眠迟。
才疏知浅求佳句，搜尽枯肠见妙思。

2011 年 6 月 16 月

【注释】

① 王红谊曾任江苏农学院教师，南京农业大学党委副书记、中国农科院党委副书记，全国农业展览馆党委书记；② 不蔓枝为红谊著的《不蔓枝诗稿》。

摘 桃 乐

一

屋前桃树挂青果，毛茸青圆挂枝梢。
邻家小伙想食鲜，攀过铁栅摘青桃。

二

待到桃树赘熟果，圆润透红满枝头。
亲朋好友来品尝，摘得鲜桃一筐箩。

2011年6月21日

【注释】

屋前园中桃树桃子丰年，满枝桃子，引来小伙眼馋，未等桃熟，攀铁栅摘桃；后桂娟邀请亲朋好友摘桃尝鲜。

和外孙游瘦西湖二首

划　船

瘦西湖上水清幽，风和日丽划船游。
小船荡漾碧波中，两孙撑舵老翁和。

园中照相

小船划过小桥东，河畔莲花别样红。
夏日暖风拂面来，风景如画留镜中。

2010年7月14日

【注释】

今日下午和舒苏、房苏汉两外孙到瘦西湖划船，两外孙争舵，小船荡漾在湖中，后游万花园，并在小运河畔照相。

桑榆吟五首

自　知

日落西山夕照斜，而今赶上好年华。
老树桑榆着新芽，身体健康才最佳。

拍　照

景区花园好风光，数码相机携身上。
拍照取景讲究美，自找乐趣心舒畅。

走　路

晨起公园林荫路，傍晚街市行人道。
徒步走路少骑车，持之有恒身体好。

做　诗

早晨买菜日日新，打字做诗不求精。
退休生活找乐子，勤于用脑体康健。

2011年7月18日

夏游瘦西湖

一

长堤春柳荷叶翠，游人抢拍荷花蕊。
缸栽新品展英姿，姑娘衣裙比花美。

二

五亭白塔水中影，小舟荡漾碧波心。
琴室听琴饮茶水，风亭乘风观湖景。

2011年8月2日

【注释】

今日天气凉快上午到瘦西湖看到长堤两旁摆满缸栽荷花，姑娘衣裙美如花；后到小金山琴室和风亭，享受夏日美景，心旷神怡，回家后做诗二首。

早春闲步

岸边柳树枝条洒，湖面鸳鸯在戏耍。
路旁青草长新芽，待到三月看桃花。

2011年2月19日

【注释】

早春上午冷风扑面，仍有一些寒意，湖面几只鸭子在戏耍，走在瘦西湖的长堤上看到的景象。

参观“京杭之心”

“京杭之心”唐式宫，林木草地绿碧葱。
水边栈道运河涛，喷泉阳光映彩虹。

2011年10月3日

【注释】

京杭大运河名城博览会永久会址“京杭之心”，坐落在扬州市大运河东、文昌大桥南。

七律

忆南大学法语

樱花绽放似彩霞，暂别妻儿上南大。
学好法语援非洲，拼命读书不算啥。
年龄不大记性差，单词会话尚欠佳。
寒窗三年形势变，读书结业回农家。

2011年9月8日

【注释】

1972年5月正是南京大学校园樱花绽放的时候，应组织安排，笔者上南大学习法语，学好去非洲。当时目的不很明确，学习三年很辛苦，结果形势变了，读书结业后回校。1975年底到青山教水稻课程。

买菜二首

一

晨起步行去菜场，品种繁多实难挑。
蔬菜择嫩不要老，食品安全更重要。
时鲜品种价格贵，讨价还价别怕笑。
现代吃菜讲营养，天天买菜不可少。

二

孙辈要吃新鲜菜，有的放矢赶菜场。
日日菜单不相同，天天买菜记纸上。
菜肴营养要搭配，作料齐全葱蒜姜。
年龄上长记性差，买全蔬菜心舒畅。

2011年5月2日

【注释】

早晨骑车或走路或骑一段走一段去石塔菜场买菜，外孙要吃新鲜菜，不吃隔夜菜，除休息日，天天要买菜。

忆 司 徒

三阳河畔地平畴，历年盛产粮棉油。
农业开发来司徒，挖渠造田通道路。
技术指导到田头，油棉高产粮丰收。
罗氏沼虾湖面游，双黄鸭蛋誉全球。

2011年4月3日

【注释】

1992年春至2000年八年间，高邮司徒乡列为江苏省农业综合开发实验区之一，由江苏农学院（扬州大学）承担，笔者时为主持人之一，经常到司徒调查指导，分别获得农业开发实验区建设一、二等奖和省先进工作者称号。

小园花香

屋前小园不种菜，唯有花卉果树长。
腊梅怒放桃花艳，石榴红火桂花香。
春夏秋冬闻香浓，炎暑树下好纳凉。
闲时铲草直直腰，退休生活心舒畅。

2011 年 4 月 12 日

【注释】

屋前园内有两棵桃树、一株葡萄、一簇石榴、两棵桂花和一株腊梅，这样环保清洁，空气新鲜，一年四季闻花香。

公园见闻

五月湖水碧似天，柳丝摇动舞翩跹。
树茂草青空气新，游人如织不等闲。
万花园景进眼帘，芍药琼花最娇艳。
林中百鸟竞飞翔，船娘摇橹共争妍。

2012年5月1日

【注释】

瘦西湖和万花园中林木葱绿、万花似锦。

游览花木市场

花木市场观花容，水仙含苞藏叶丛。
万年青叶片片翠，火棘红果粒粒红。
杜鹃怒放红似火，蝴蝶兰花香气浓。
买盆鲜花迎新年，灵蛇献瑞唤春荣。

2013 年 2 月 5 日

【注释】

北门虹桥花木市场虽不大，但花木品种繁多，虽值冬季但花卉怒放、叶片青翠，香气浓郁，客人纷纷买花迎接新春的到来。

咏央视春晚联欢晚会

春晚联欢凝民声，龙凤呈祥造型真。
雀之恋舞堪称奇，大爱奉献心传承。
魔术表演真是神，金蛇龙舞鼓龙腾。
东西南北大拜年，天下一家迎华春。

2012年1月26日

【注释】

① 龙凤呈祥春晚第9个（李倩、张傲月）节目；雀之恋春晚第29个（杨丽萍、王迪）节目；大爱奉献指《大爱》和《爱的奉献》春晚第30个（刘欢）和第28个（韦唯、吴秀波）节目；魔术第18个（刘谦）节目；金蛇龙舞春晚第5个（王力宏等）节目；鼓龙腾指鼓韵龙腾春晚第3个（山西绛州等）节目；东西南北大拜年春晚第2个（李谷一等）节目；天下一家春晚第39个（王莉、廖昌永）节目。② 今年春晚觉得大气、精致、欢乐，比往年要好。

观第七届全国城运会开幕式文艺表演

映山红映英雄城，滕王阁序天下闻。
红绿交响赣江情，薪火瓷都中华魂。
鹤舞鄱湖自然美，小平小道石刻真。
巨枪点燃火炬塔，五十七城同竞争。

2011 年 10 月 17 日

【注释】

第七届全国城运会（2011 年 10 月 16 日—24 日）在江西南昌、赣州、景德镇、抚州等地举行。全国 57 个城市参加。

观第八届全国残运会开幕式文艺表演有感

八届残运西湖媚，“情满浙江”声名扬。
金晶手语真情美，梦想翅膀展飞翔。
彩蝶飞舞眼眸亮，脚弹钢琴奏乐章。
截肢舞蹈真精彩，生命活力永朝阳。

2011年10月12日

【注释】

第八届全国残运会2011年10月11日至21日在浙江杭州举办，11日晚举行开幕式文艺表演“情满浙江”精彩绝伦，表演者大多为残缺人。

赞蛇年央视春晚联欢会

蛇年央视春晚会，欢乐神州亿万民。
魔术幻景真神奇，小品演出感人心。
草根大腕同台演，新秀辈出令人惊。
幸福歌声扬万里，华夏春天处处新。

2013年2月12日

【注释】

2013年2月9日(除夕)晚上观看蛇年央视春晚联欢会有感。

似水年华

时光任苒七五秋，稀疏白发满盈头。
悠悠往事记犹新，苏农读书岁月稠。
正直向上心向党，热于学习知识求。
施桥基地实习勤，积累知识基础牢。
毕业留校当助教，田头课堂知识授。
认认真真育人才，踏踏实实搞研究。
艰辛砥砺献春秋，科研创新结硕果。
淡淡平平勤耕耘，默默奉献报农酬。
稻菽丰收农民乐，华夏大地绘彩图。
桑榆晚景霞满天，心态平和乐无忧。

2013年3月5日

朋友心语

五言

快乐每一天

饮食讲卫生，居所要整洁。
衣着要合身，行走要稳健。
生活讲质量，遇事不着急。
无忧亦无虑，快乐每一天。

2012 年 1 月 20 日

【注释】

老年人的《衣食住行》和年轻人不同。

深秋赏园

秋风吹绿水，落叶散地满。
清扫石径叶，游客赏自然。
晨练强筋骨，走路全身暖。
早晨空气新，天天到公园。

2012年11月28日

【注释】

早晨到瘦西湖公园散步，风吹水面起波浪，黄叶满地，工人正在清扫路中黄枯叶，老人在晨练，游客欣赏着自然状态的美好；晨练和写诗、画画都要坚持不动摇，美好前景在前面。

七绝

春　　捂

乍寒乍暖时“雨水”，人体抗寒已弱脆。
穿衣着装谨“春捂”，腿脚锻炼勤为最。

2012 年 2 月 18 日

【注释】

雨水时节前后，人体皮肤腠里已经变得相对疏松，对风寒之邪的抵抗力有所减弱，易感风寒而致病，所以穿衣着装要多些，注意“春捂”。春季里人体的下部血液循环比上部差，易受风寒侵袭。要加强锻炼，以促进血液循环。

春　冷

时值初春二月中，似阴似雨雾蒙蒙。
灰冷天气使人愁，企盼晴日吹暖风。

2012 年 2 月 23 日

【注释】

近几日天气阴雨雾蒙蒙，感觉冷冷的让人不舒服，尤为病弱老人，喜欢天晴有阳光。

中秋余兴

菱角芋头葡萄甜，凉风秋阳稻秀天。
老叟吟诗颂国庆，芳香桂花又一年。

2012年9月29日

【注释】

① 每年农历八月十五日，是传统的中秋佳节。这时是一年秋季的中期，所以被称为中秋。又称“八月节”、“团圆节”。② 今年中秋国庆佳节相连（国庆10月1日、中秋9月30日），文汇路校区组织离退休同志吟诗咏中秋，颂国庆，迎十八大召开。

七律

心　安

星辰日月绕地转，雷电风雨自天然。
春夏秋冬寒暑复，东升西落昼夜换。
天地永续人短暂，知足长乐心里安。
阳光雨露万物盛，人与自然共家园。

2012年1月27日

老人乐歌

人之一生终有老，老有所乐乐逍遥。
天伦之乐家事和，自得其乐丢烦恼。
知足常乐开口笑，幸福指数年年高。
助人为乐新风尚，社会和谐阳光照。

2012年10月5日

【注释】

人之一生终有老，到了老年，和谐社会（老有所居、老有所养、老有所医、老有所乐），享受天伦之乐，老年人自得其乐、知足常乐，幸福指数年年高。

炎暑高温总要消

入伏以来气温高，高温预警安民告。
人人期盼降甘霖，连续高温真难熬。
空调虽然能降热，寒侵贪凉常感冒。
末伏已过七天多，炎暑高温总要消。

2013年8月18日

【注释】

今年7、8月份高温35℃以上达37天，夏天这么热，为扬州有气象记录以来最高纪录。是扬州往年平均值15天的2倍以上，整个7月20天气温超过35℃，8月除4日为34℃外一直到8月18日均超过35℃，最高为39.4℃。

纪念瞻仰

七绝

中　山　陵

苍松翠柏映陵园，拾级登顶瞻遗容。
天下为公浩气存，何时才能两岸圆。

2011 年 8 月 2 日

【注释】

中山陵是中华民国国父、中国民主革命先行者孙中山的陵墓，灵柩于 1929 年 6 月 1 日奉安于此。1961 年成为首批全国重点文物保护单位，2007 年成为首批国家 AAAAA 级景区。

凭吊富华山陵墓①

富华山翠映陵墓②，鄱阳湖面水波漾。
红旗角塔高耸天，浩然正气众敬仰。

2011年8月8日

【注释】

① 2007年3月25日笔者在江西考察，和江西农业大学李木英教授一起陪同凌启鸿老师凭吊富华山陵墓并敬献花束。② 富华山在江西省共青城东北面。

瞻仰雨花台烈士塔

烈士功高昭史册，雨花台前敬英雄。
献出青春为中华，革命事迹永歌颂。

2013 年 5 月 25 日

【注释】

文汇路校区退休四支部 10 位同志和扬州大学生物技术学院 09 届生工共建班到南京瞻仰雨花台烈士陵园，参观烈士革命事迹纪念馆。

瞻仰史公祠

梅花岭下葬史公，银杏双株伴英魂。
为国捐躯人敬仰，丹心浩气醒后昆。

2011 年 7 月 20 日

【注释】

史可法(1601—1645 年)，明末政治家，是我国著名的民族英雄。纪念馆位于扬州市广储门外街 24 号，南临古城河，梅花岭畔。占地 6000 多平方米，现为省级文物保护单位史可法祠墓所在地。史公祠进门庭院两株银杏已有 500 多年树龄，忠心守护着史可法衣冠冢。

瞻仰朱自清故居

荷塘月色秋实文，清贫正气天下闻。
故居深藏安乐巷，观看事迹激后人。

2011 年 8 月 15 日

【注释】

朱自清故居在安乐巷 27 号，为晚清时建，是扬州典型的“三合院”民居建筑。朱自清(1898—1948 年)，原名自华，字佩弦，号秋实，祖籍浙江绍兴，生于江苏东海县，毕业于扬州中学，清华大学教授。现代著名散文家、教育家、诗人、学者和民主战士。

普哈丁墓园

普哈丁墓清真寺，先贤遗迹翰墨留。
望月亭上观斋节，中阿友谊远古流。

2011年9月21月

【注释】

普哈丁墓园俗名回回堂，位于扬州市区解放桥南古运河东岸岗上。始建于宋代，清代重修。普哈丁为穆罕默德圣人第十六世裔孙，南宋咸淳年间(1265—1274年)来扬州传教，创建仙鹤市，卒后葬于此墓园，后又陆续安葬了一些阿拉伯人。普哈丁墓园整修后是集清真寺、墓园、园林于一体的伊斯兰建筑，具有很高的文物价值。

瞻仰熊成基故居有感①

壮志未酬身捐躯，自书壮语②惊九州。
瞻仰故居慰英烈，革命事迹耀千秋。

2011 年 10 年 14 日

【注释】

① 熊成基故居位于扬州“双东”历史街区的韦家井 6 号，辛亥革命的先驱熊成基(1887—1910)，江苏扬州人，是中国近代史上杰出的革命家。1910 年因奸人告密被捕，在吉林就义，时年仅 23 岁。1912 年，熊成基灵柩被运回故乡扬州安葬。② 熊成基狱中的自书供词：“我今日早死一日，我们自由之树早得一日鲜血；早得血一日，则早茂盛一日，花方早放一日。”以及在临刑前的壮语：“今生已矣。我死，愿中国之富强日进一日，庶几瞑目矣。”

瞻仰曹起溍烈士故居①

砥柱中流非等闲②,矢志不渝信仰坚。
故居展览慰先烈,激励后昆永向前。

2013年8月22日

【注释】

① 曹起溍烈士(1906年3月25日—1931年2月24日)是中共扬州地方组织的创始人和主要领导人之一,先后任中共扬州第一任县委书记和中共泰州临时县委书记。故居位于东关街金桂园巷内,现为扬州市爱国主义教育基地。② 为曹起溍烈士在苏州第三监狱中写的诗句。

七律

汉 陵 苑

天山汉墓广陵王，黄肠题凑体制葬。
参天银杏守千年，悟空寺庙香火旺。
整体搬至汉陵苑，陵墓规模保原状。
建设汉墓博物馆，历史文化又增光。

2012 年 10 月 10 日

【注释】

汉广陵王刘胥和王后都葬于高邮天山镇神居山，发掘后整体搬迁到扬州保障湖北唐城遗址，现为汉陵苑扬州汉墓博物馆。

瞻仰江上青烈士史料陈列馆

壮丽人生二八春，创办书刊求理真。
千里救亡唤民众，皖北据地战征程。
江文团歌音犹存，矢志革命激励人。
“平中”旧址史料展，英烈风范永长恒。

2012 年 4 月 9 日

【注释】

① 江上青烈士(1911 年 4 月 10 日—1939 年 8 月)史料馆位于扬州市旌忠巷 33 号，原平江中学旧址上；江文团是江都县文化界救亡协会流动宣传队的简称。② “平中”指平江中学。

纪念辛亥革命100周年

辛亥革命武昌举，推翻帝制惊雷滚。
几代贤能兴伟业，百年征程国昌盛。
两岸同胞原一体，凝聚共识中华魂。
和平统一中山愿，中华民族复兴成。

2011年10月10日

【注释】

2011年10月10日是辛亥革命100周年。9月22日下午与陆自强教授在考察水稻品种珍糯后的间隙到武昌参观辛亥革命武昌起义展览馆，在馆前孙中山塑像前留影。

扬州八怪纪念馆

随宫大殿聚画圣，东西廊房字画真。
金农寄居方丈室，十年画佛上千尊。
莲花映月竹泉亭，八怪碑廊翰墨馨。
铁镬鹤池大经幢，古韵长存今创新。

2011年8月22日

【注释】

扬州八怪纪念馆位于驼铃巷金农故居四方寺内，有大隋宫殿（后建的楠木大殿），扬州八怪形成与发展过程展厅；东西廊房为八怪及近代字画展；金农寄居室，鹤池和东园、碑廊。五代经幢等。

唐城遗址博物馆

秋色暑微游唐城，唐式桥头闻蝉声。
八角石柱杜佑书，延和阁中文物存。
诗书画合“三绝碑”，唐代经幢佛教成。
拾级登高城阙楼，满眼绿色新扬城。

2011 年 9 月 19 日

【注释】

① 唐城位扬州平山堂东。② 八角石柱是杜牧祖父写的诗文。③ 三绝碑指吴道子的画、李白的诗、颜真卿的书法在一块石碑上，故称三绝碑，原为竹西八景之一。④ 唐代经幢为唐代寺庙惠照寺遗址出土(原扬州师范学院内)。

纪念母亲

慈母一生勤劳作，千辛万苦为儿孙。
望儿读书能成龙，事业有成报母恩。
吾在扬州远家门，三个儿中最为亲，
日夜梦中思儿苦，积劳成病盼儿回。
假若儿能常回家，母亲病中来安慰。
为母服侍多几日，儿子尽孝母笑容。
七十四岁走匆匆，回忆往昔泪涟涟。
他世若能重相聚，愿为母亲永奉侍。

2011年3月25日

【注释】

母亲1974年去世，距今已有37个年头了，每当清明回忆母亲时，总有些遗憾。母亲一辈子吃苦，省吃俭用，没有一天过上好日子。在母病中要我经常回家，我没有做到，至今悔恨。

佛门静地

七绝

愿生禅寺

古巷深处愿生寺，寺院四进气恢宏。
释融住持出善资，庙宇新生为称颂。

2011年7月22日

【注释】

愿生禅寺位于扬州老城区埂子街146号，始建于1930年，由扬州首富盐商萧云甫之妻出资兴建，今安徽九华山寺庙住持释融善师投资3000万元重修(一期工程)，今年3月15日对外开放。

七律

高旻寺

高旻寺院气恢宏，天中塔耸河中影。
大雄宝殿巨佛大，坐禅堂内悟佛性。
长老妙语说乾坤，水晶宫中洗尘心。
三汊河畔气象新，僧尼劳动汗津津。

2011年5月17日

【注释】

高旻寺位于扬州市南郊古运河与仪扬河交汇处的三汊河口，国家重点保护寺院。是驰名中外的清代扬州八大名刹之一。它与镇江金山寺、常州天宁寺、宁波天童寺并称我国佛教禅宗的四大丛林。1983年国务院宗教事务局正式将高旻寺列为全国重点寺观之一。笔者2011年5月16日参观游览高旻寺，看到年轻僧尼挥汗除草、清理垃圾，为高旻寺增添了一道亮丽的风景线。

大 明 寺

拾级登上大明寺，天下五泉远名扬。
鉴真坐像沫若碑，东渡传教德无量。
九级栖灵眠玉佛，佛石亭旁诵经响。
平山堂前远山近，西苑观鱼品茗香。

2011年7月14日

【注释】

大明寺曾名法净寺，建于南北朝刘宋大明间(457—465)。大明寺内建筑分为三个组成部分：进山门的东部为佛寺，宗教区，有大雄宝殿，鉴真纪念堂和栖灵塔；中部为平山堂，是文化区；西部为西园，是园林区。这里是江淮著名景区。沫若碑指鉴真纪念碑，正面为郭沫若题字“鉴真大和尚纪念碑”。

旌忠寺

小巷深处旌忠寺，善男信女敬佛香。
大雄宝殿香烟袅，僧人坐禅诵经响。
佛门静地别样情，观音殿内诉心伤。
藏经楼前楹联字，心中有信自安详。

2012年8月10日

【注释】

① 旌忠寺位于扬州市仁丰里旌忠巷口。② 楹联：省事忍事不惹事自当无忧，存心养心莫欺心天下安然。

天宁寺、重宁寺①

天宁禅寺气巍峨，廊房殿阁②万佛楼。
古树佛钟青龙井，南巡记碑御码头。
盛世修缮重宁寺，双宁古刹竞风流。
佛教展览传文明，古代文化数扬州。

2012年5月26日

【注释】

① 天宁寺、重宁寺两寺同属清代扬州八大名刹之一，现为江苏省文物保护单位。相传天宁寺为东晋名相谢安舍宅为寺，重宁寺系清乾隆为母亲祝寿而建。“双宁”同在一条中轴线，南北相连长达500米。殿宇巍峨，规模宏大，气势磅礴，被人誉为“小故宫”。现为中国扬州佛教文化博物馆(天宁禅寺)。② 殿指山门殿、天王殿、大雄宝殿，阁指华严阁。

阮元家庙及宅第

家庙中间宅两边，翠竹银杉石径幽。
奉恩楼内展生平，一代名儒耀扬州。
石碑见证文选楼，放生池中龙鱼游。
两厅正殿文选井，“出门见禧”人事和。

2012年5月30日

【注释】

阮元家庙及宅第位于毓贤街6号、8号，2002年公布为省级文物保护单位，由东、中、西三路组成，东路为宅第，有六进房子加一座奉恩楼，分别为第一进门厅，第二进照厅，第三进正厅，第四进内厅，第五进第六进是住宅。修旧如旧的风格，恢复了当年太傅东第的原貌，中路为阮元家庙，西路除了住宅部分外为隋文选楼。

泰州古圣寿寺

圣寿寺院气恢宏，药师佛塔立湖中。
巧将十二连生肖，山门殿旁楼鼓钟。
佛足坛状莲花云，寺内佛身金铁铜，
阿育王柱灵石秀，最佳胜景在溱潼。

2012年10月23日

【注释】

古圣寿寺在溱潼湖畔与华侨城相连，圣寿寺院有山门殿、天王殿和大雄殿，十二神将堂，水云楼，千佛足坛，阿育王柱，灵石和药师佛塔(塔高36米为药师佛像世界第一高)。

中华孝道园

蓼莪山麓孝道园，思恩广场思恩桥。
孝道之门净心池，净水喷泉净瓶耀。
菩提大道发愿台，正法明殿佛手招。
江南石窟观音秀，孝子寺庙中华骄。

2013年4月28日

【注释】

中华孝道园位于常州太湖度假区，面朝大湖，背依蓼(lù)莪(é)山脉，以1600多年的历史古迹——蓼莪禅寺为依托，以弘扬孝道精神为主旨，集旅游观光和觉悟于一体的综合性文化景区。其主要景点为蓼莪禅寺、正法明大殿、江南石窟、思恩广场、净心池和净瓶等。

文　峰　寺

三湾古刹文峰寺，寺前鉴真东瀛渡。
香烟缭绕大雄殿，僧尼坐禅诵经课。
善男信女跪拜佛，祈祷盛世永万秋。
宝塔巍峨耸云天，拾级登顶观运河。

2011 年 9 月 14 日

【注释】

文峰寺，位于扬州城南古运河畔，始建于明万历十年(1582)，是在当时知府虞德晔等地方官员的赞助支持下，由僧人镇存卖武募化建成。目前文峰寺已修建了天王殿、钟鼓楼以及在建的大雄宝殿、僧寮等。

金 山 寺

金山寺庙依山建，慈寿塔耸金山巅。
白龙法海两古洞，神话传说留人间。
妙高峰上留云亭，江天一览碑石坚。
京口三山润州美，天下第一泉水甜。

2013年8月30日

【注释】

金山高44米，周长约500米。金山寺建在金山上，依山而建。矗立山顶的慈寿塔，清末建，塔八面七级，砖木结构，可拾级而上。妙高峰上有留云亭，亭内有清康熙题的"江天一览"碑石。山寺中有白龙、法海、朝阳、仙人四个洞。金山西面有冷泉，池壁上刻有"天下第一泉"题字。

春草晚霞诗稿

万紫千红

兰　　花

兰草绿碧葱，花朵藏叶丛。
婀娜不奢华，淡雅香气浓。

2012 年 2 月 23 日

【注释】

① 兰花，又名兰草。兰花是贵阳市、绍兴市、长春市的市花。② 个园兰花展，四季兰花品种多样，八方观众很多，争相一睹“花中君子”婀娜多姿的芳容，笔者不懂兰花，但为花质与形态以及观众的热情而作。

七绝

桃　花

日暖桃花满树开，岸边桃花多色彩。
蝶恋蜂趋不离去，笑迎游客观春来。

2013年3月12日

【注释】

近几日气温增高，日最高气温达29～30℃，为扬州有气象记录以来最高，日暖催花开，瘦西湖公园内的早桃花一夜满树开，很是美丽，人们感觉从冬天一下来到春天。

郁　金　香

郁金香花满圃开，红白紫黄多色彩。
冠形花瓣似酒杯，花香四溢游人赞。

2012 年 4 月 19 日

【注释】

郁金香属于百合科球茎植物，是荷兰的国花。4 月 10 日万花园举办郁金香展，阳光灿烂，到万花园观赏，人流如潮。

螃 蟹 花

林荫处处吐枝芽，花朵形似螃蟹爪。
粉紫深红色彩妍，询问路人识此花？

2012年9月13日

【注释】

螃蟹花，又名石蒜、黄龙爪、天蒜、龙爪花等。先花后叶，为多年生草本植物，喜腐殖质丰富的土壤和阴湿而排水良好的环境。每年到瘦西湖公园见树阴下处处长出花葶，花朵形似螃蟹爪，花色有紫红、粉红多样，增添林中的色彩，有了生气，不识此花，问路人也不知花名。

木芙蓉花

时值深秋树叶黄，木芙蓉花竞开放。
花朵硕大色彩艳，秋妍烂漫胜春光。

2011年11月4日

【注释】

① 木芙蓉又名芙蓉花，属锦葵科、木槿属。落叶灌木。原产中国。木芙蓉晚秋开花，花期长，开花旺盛，品种多，其花色、花形随品种不同有丰富变化，是一种很好的观花树种，多在庭园栽植，可孤植、丛植于墙边、路旁、厅前等处。为成都市市花。② 瘦西湖公园植有多处，时值木芙蓉花开放，吸引游人观赏。

琼　花

"八仙"聚会为奇葩，千古名花唯维扬。
抗虫适生能力强，华夏遍地琼花香。

2011年6月3日

【注释】

① 琼花，又名聚八仙花。原产中国。琼花是扬州市(1985年)、昆山市(2007年)的市花。② 琼花不负广陵春，如今不是维扬一技花，已飘香大半个中国(南到海南岛北至北京都有种植)。

紫　藤　花

紫花孕硕枝头挂，碧叶迎风展奇葩。
夏日休憩紫藤下，街容靓丽又风雅。

2012 年 6 月 12 日

【注释】

紫藤属豆科紫藤属，是一种大型落叶藤本植物。扬州文昌路上几处街心公园紫藤繁茂，当紫藤花开时，紫色或深紫色的花穗悬垂，使文昌路更加美丽。

晚 饭 花

花蕊闭合叶丛中,落霞后开朵朵红。
庭园路旁处处有,不羡芳菲伴夜动。

2011年8月29日

【注释】

晚饭花又名夜来香,花蕊闭合管状,待日落夜临开花,至翌日太阳出来结束,花香浓郁四溢。

牵　牛　花

篱笆处处攀牵牛，展叶花开值初秋。
引来众蝶绕纷飞，勇往直前向天歌。

2011 年 9 月 5 日

【注释】

牵牛花别名喇叭花、牵牛、朝颜花。为旋花科牵牛属一年生蔓性缠绕草本花卉。蔓生茎细长，约 3～4 米，全株多密被短刚毛。叶互生，全缘或具叶裂。聚伞花序腋生，1 朵至数朵。花冠喇叭样。花色鲜艳美丽。蒴果球形，成熟后胞背开裂，种子粒大，黑色或黄白色，寿命很长。花期 6—10 月。立秋后在路边灌木丛或篱笆处处见到细叶柔枝攀住篱笆或硬的枝上，开出淡紫红色或白色的喇叭花，永远向上，像是在放歌金秋硕果累累，盛世中华。

凌 霄 花

凌霄英姿多亮丽，花开橘红引蝶飞。
枝蔓直上百尺英，“枯木逢春”堪宝贝。

2011 年 7 月 26 日

【注释】

凌霄花为落叶藤木，借气生根攀援它物向上生长。小金山下千年银杏残骸被凌霄花藤蔓覆盖，每夏秋凌霄花开，英姿飒爽，游客驻足观赏，拍照留影，夏秋为瘦西湖增添一个靓丽景点。

月　季　花

月季花红四季开，清香阵阵随风来。
姿容百看都不厌，花中皇后人人爱。

2012 年 5 月 15 日

【注释】

月季花被称为花中皇后又称“月月红”，蔷薇科。常绿或半常绿低矮灌木，四季开花，多红色，偶有白色，可作为观赏植物，中国十大名花之一，百姓喜爱，为中国北京、天津等市的市花。

芍　药

五月百花先后开，暮春四相簪花来。
绿叶芳菲情意稠，芍药艳丽胜牡丹。

2011 年 6 月 9 日

【注释】

芍药誉为“花仙”和“花相”，被列为“六大名花”之一，又被称为“五月花神”，因自古就作为爱情之花，现已被尊为七夕节的代表花卉。2005 年 1 月 5 日扬州市第十二次人民代表大会确定芍药为扬州市市花，与琼花为姐妹市花。

美 人 蕉

叶形宽大似芭蕉，红黄花朵别样娇。
此花长在道路旁，亭亭玉立分外俏。

2011年9月28日

【注释】

美人蕉，又名兰蕉、昙华，多年生球根草本花卉。株高可达100～150厘米，地上茎肉质，不分枝。叶宽大，长椭圆状披针形。花色有橙黄、粉红、大红、紫红等。中国南北各地常有栽培。花期北方6—10月；南方全年。

紫 薇 花

每值开时满树花，红紫银翠似晚霞。
花朵飘香七八月，夏季绿化堪最佳。

2011年7月6日

【注释】

紫薇，别名入惊儿树、百日红、满堂红、痒痒树。为千屈菜科紫薇属双子叶植物。七月开花，花期100多天，满树开花，如雪似霞。紫薇是长寿树种，目前，扬州有10棵紫薇被收入古树名木。紫薇也是河南安阳市、湖北襄阳和山西晋城市市花。

凤 仙 花

炎夏盛开凤仙花，种在寻常百姓家。
庭现桃红色斑斓，用来染指似彩霞。

2011年9月11日

【注释】

凤仙花，又名金凤花，小桃红，指甲花。属凤仙花科一年生草本花卉，原产中国和印度。凤仙花茎高40—100厘米，直立。上部分枝，花形似蝴蝶，花色有粉红、大红、紫、白黄、洒金等。

水 仙 花

叶片绿翠藏花朵，轻黄淡白洁无瑕。
花开低头向四周，香气浓郁人人夸。

2011年2月11日

【注释】

水仙属多年生草本植物。年前小女儿送来一盆水仙花，株矮花朵多，除夕、年初一盛开，每株花开，三或五朵，花轻黄淡白洁无瑕，姿态亭立素雅自然，有一种浓郁的生活气息，让人心旷神怡。

腊 梅 花

霜寒叶落梅花开，花香浓溢情满怀。
待到春暖花瓣落，犹见新绿展枝环。

2011 年 2 月 12 日

【注释】

① 笔者家庭中腊梅是一株名花，一位爱花友人送给桂娟的，已有十多年历史，每当春节前后腊梅盛开，非常美丽，为庭院增添春色，每当花开时，总想写点什么来赞美她，未能成章，今天阳光灿烂，心情舒畅，做诗一首。

② 腊梅一年一度霜寒叶落梅花开，过了寒冷冬天，当春风一吹，花瓣满地，枝条上又绿叶展开，夏天绿叶浓，这是自然现象，要赞美腊梅傲霜寒的香味，更要赞美绿叶展枝的绿色，因为叶浓梅更香。

鸡 冠 花

花容怒放亭亭立，风起枝摇欲抒情。
炎夏初秋花盛开，花冠火红增美景。

2012年9月18日

【注释】

鸡冠花，又名老来红、鸡公花，为苋科青葙属一年生草本植物。花期夏、秋季直至霜降。花聚生于顶部，形似鸡冠，花色有紫、橙黄、白、红黄相杂等色。花语：真挚的爱情。

午 时 花

每值中午始盛花，如绸似锦美如霞。
分杈新芽无重数，鲜艳妩媚不矜夸。

2011 年 9 月 24 日

【注释】

午时花，又名草杜鹃、太阳花。马齿苋属一年生肉质草本，高10—15 厘米，每年 6—7 月开花，见阳光花开，早、晚、阴天闭合，故有太阳花、午时花之名。

木 槿 花

缤纷夏日绿叶稠，木槿花红景色娇。
庭园路旁满树花，花鲜自然分外俏。

2012年8月28日

【注释】

木槿花，又名朝开暮落花，即锦葵科木槿属植物木槿的花，木槿花多色艳，非常美丽！是作自由式生长的花篱的极佳植物，适宜布置道路旁、公园、庭院处，可孤植、片植。木槿花是韩国（1990年）国花。

桂　花

一

四季常绿春添枝，粉红嫩叶增美姿。
待到金秋开花期，满城桂香人迷痴。

二

农历八月开桂花，古城巷陌香满家。
今为绿岛遍地栽，绿化树种是堪夸。

2011年9月4日

【注释】

桂花又名木樨，有秋桂（金桂、银桂、丹桂）和四季桂（月桂）。中国有衢州市、汉中市等20多个城市以桂花为市花或市树。

茉 莉 花

茉莉花白洁无瑕，夏日盛开香万家。
淡雅轻盈香韵远，窨茶味好是堪夸。

2011年9月17日

【注释】

茉莉花，常绿小灌木，品种繁多，外形美丽，主要是白色。花期6月下旬—10月上旬。可用于窨制花茶。

杜 鹃 花

路侧绿岛杜鹃红，艳丽多色似彩虹。
古城美丽增几分，人间春色日趋浓。

2011年4月14日

【注释】

杜鹃花，中国十大名花之一，江西、安徽、贵州以杜鹃为省花，定为市花的城市多达十多个。近年城市道路两侧绿岛多间种杜鹃花，一到春天杜鹃花红，绿岛似彩虹，映耀古城，分外妖娆，让人着迷。

槐 树 花

油菜花后槐花开，群飞蜜蜂忙采花。
玉露琼浆人人爱，洋槐蜂蜜品质佳。

2011 年 6 月 17 日

【注释】

洋槐又名刺槐，是生长在田野山间的野生乔木，病虫害少，不施农药，远离污染。洋槐花洁白如雪，鲜嫩香甜，盛花时节处处蝶绕蜂飞。槐花蜂蜜又名刺槐蜜。洋槐蜜呈水白色，透明状，具有槐花香味，不易结晶，当结晶后呈细粒状或油脂状，为上等蜂蜜。

缸栽荷花

花朵枝枝竞争容，绿叶圆圆随风动。
缸栽荷花展英姿，长堤春柳添夏韵。

2011年7月7日

【注释】

荷花，又名莲花、水芙蓉等，属睡莲科多年生水生草本花卉。荷花是澳门特别行政区的区花，济南、济宁和广西壮族自治区贵港的市花，还是埃及的国花。瘦西湖荷花展，在长堤春柳大道两旁展出百十缸栽荷花，千姿百态，荷花亭亭玉立，游人纷至踏来，争相观赏，照相留影，流连忘返。

迎　春　花

春寒料峭游园趣，喜看路边百草除。
溪畔坡地绿丝条，更见黄芽露满枝。

2012年2月7日

【注释】

迎春花又名小黄花，系木犀科落叶灌木，迎春枝条披垂，冬末至早春先花后叶，花色金黄，叶丛翠绿。因其在百花之中开花最早，花后即迎来百花齐放的春天而得名，它与梅花、水仙和山茶花统称为“雪中四友”。

樱　　花

三月缤纷蜀冈峰，百花绽放映天红。
鉴真大道芳香袭，游客观赏樱花容。

2012年3月15日

【注释】

① 樱花，又名山樱花，属蔷薇科，落叶乔木。花每支三五朵，成伞状花序，萼片水平开展，花瓣先端有缺刻，白色、红色。日本被誉称“樱花之国”。为日本国花。

② 2011年初鉴真大道两旁绿地移植了大量各种樱花树，今年3月春暖樱花盛开，吸引大量游客前去观赏。

广 玉 兰

树冠硕大叶片翠，绿叶丛中白花绽。
花朵似荷香淡雅，街市靓丽百姓赞。

2012 年 5 月 18 日

【注释】

广玉兰为木兰科常绿乔木，花朵形似荷花，又称“荷花玉兰”。树姿雄伟壮丽，高可达 30 米。花白色，荷花状，芳香；5—6 月开花，为观赏树木；广玉兰原产于美洲。广玉兰为安徽合肥，江苏镇江、常州、南通、连云港市，浙江余姚市，湖北荆州市的市树。

白 兰 花

洁白无瑕白兰花，爱美女子胸前挂。
浓馨一朵满身香，洁质益心气自华。

2012年6月13日

【注释】

白兰花又名缅兰、白玉兰。木兰科，含笑属。常绿灌木。为观赏花，株形直立有分枝，落落大方。老枝灰白色，分枝少。单叶互生，长椭圆形，表面光亮。花单生于叶腋，白色，香气浓。嫁接、压条繁殖。花农于春夏季节将未开放花朵摘下，用细铅丝穿起，放在篮中叫卖，很多女性喜欢将白兰花挂在胸前或戴在头上，香味扑鼻。

石 榴 花

窗外榴花数点红，竞相绽放绿丛中。
桃李花落不争容，形似灯笼蜂蝶踊。

2012年6月9日

【注释】

① 石榴，又名安石榴。为落叶小乔木或灌木，花红似火，热烈奔放，艳丽非凡，象征着热情、欢庆和吉祥。石榴花是合肥、西安、连云港、黄石、荆门、十堰、枣庄、南澳、新乡、驻马店等市的市花。非洲的赞比亚将石榴定为国花。② 园内墙角石榴，枝叶繁茂，农历五月枝头花正红，火样年华，小园充满生气，欣欣向荣。

咏扁豆花

叶绿茎紫攀棚架，秋阳绽放紫色花。
蜂蝶眷恋不离去，愿奉豆荚到侬家。

2011年10月25日

【注释】

扁豆，属一年生草本植物，茎蔓生，小叶披针形，花白色或紫色，荚果弯月形，扁平。

蒲 公 英

春长野草一奇葩，叶根莲状茎生花。
成熟结籽如绒球，随风飘散落谁家。

2011 年 10 月 23 日

【注释】

蒲公英属菊科多年生草本植物。叶丛生，排成莲座状，狭倒披针形，裂片三角形，基部渐狭成柄。头状花序，种子上有白色冠毛结成的绒球，随风飘到新的地方孕育新生命。

向日葵赞

茎高直立无枝蔓，花序如盘永朝阳。
开花淡朴色非艳，结籽成实献清香。

2011年10月20日

【注释】

向日葵，别名太阳花，俗称葵花子，属一年生草本植物，高1～3米。茎直立，粗壮，圆形多棱角，为白色粗硬毛。叶呈卵圆形。头状花序，直径10—30厘米。

丝 瓜 吟

绿叶黄花满眼眸，蜂飞蝶舞绕花蕊。
幼瓜细小躲叶中，长熟丝瓜忙摘收。

2011年9月6日

【注释】

屋前田园桃树旁春天种上几颗丝瓜种子，勤于浇灌、施肥、松土、管理，初秋来临丝瓜攀满桃树，绿叶黄花，蜂飞蝶舞，长熟丝瓜，众人采摘，欢声笑语，乐满庭院。

七律

观　菊　展

烟雨蒙蒙西湖瘦，万盆秋菊竞斗妍。
千姿百态形各异，红黄紫白色彩艳。
菊花品种展新颜，游人观赏争眼先。
傲霜黄菊众人夸，今日绽放庆丰年。

2011 年 11 月 5 日

【注释】

① 菊花为多年生菊科草本植物。菊花是中国十大名花之一。菊和兰、梅、竹一起以其各自独具特色的花、姿、色、韵，被称为花中“四君子”。菊花是北京、太原、南通、芜湖、开封、湘潭、彰化、中山、德州等市的市花。② 每年秋季瘦西湖举办菊花展览，品种上千，八方游客观赏。③ 今年秋粮(水稻)大丰收。

夹 竹 桃

茎枝稠密叶青翠，枝头花朵六月开。
每值开时红与白，夏秋街巷多色彩。
原为庭园墙角有，移植道路两旁栽。
终年常绿花季长，夹桃花香人人赞。

2011 年 6 月 2 日

【注释】

夹竹桃为常绿直立大灌木，常作观赏植物。生长迅速，花似桃花，有红色和白色两种，叶像竹叶。

金　针　花

绿叶翠兰忘忧草，簇叶枝头黄花绽。
花朵绚丽不张扬，色彩鲜艳逗人爱。
株株蓓蕾枝头满，花蕾未开被摘采。
营养丰富是佳品，美味佳肴农家菜。

2012 年 9 月 15 日

【注释】

金针花，又称黄花、忘忧草。为百合科萱草属多年生草本植物。它的茎不明显，根部肥大，叶子细长形，成丛成簇的生长；叶自根部簇生，花茎自叶丛抽出，顶部 2 或 3 歧，花冠大，喇叭状，花色变化繁多，花色艳丽，花瓣宽厚，极为优美。夏至秋季开花。具有“观为花，食为菜、用为药”的美称。它胡萝卜素含量较多，营养价值很高，是著名的碱性食品。

咏 西 瓜

绿叶茎蔓满地爬，花色明黄接连开。
整枝授粉多结果，蝶蜂飞舞随花来。
成长西瓜藏叶丛，待到成熟来摘采。
瓤甜汁多胜似蜜，消暑解渴人喜爱。

2011 年 8 月 3 日

【注释】

西瓜，属葫芦科一年蔓生草本植物，原产于非洲，已有 5000 余年的栽培历史。西瓜是一种双子叶开花植物，形状像藤蔓，叶子呈羽毛状。果实外皮光滑，呈绿色或黄色，有花纹，果瓤为红色或黄色。果瓤脆嫩，味甜多汁，含有丰富的矿物盐和多种维生素，清热解暑，是夏季主要的消暑果品。

马　齿　苋

豆瓣叶片紫梗壮，平铺地表似网状。
茎叶肥厚品自强，佳肴治病入草纲。
春来嫩蕊绽田旁，夏日繁茂眠如床。
路坎菜园栖僻处，村妇挖得一篮筐。

2012 年 9 月 20 日

【注释】

马齿苋，别名五方草，瓜子菜，麻绳菜，马齿菜，马生菜，为马齿苋科一年生草本药食两用植物。肥厚多汁，无毛，高 10—30 cm。生于田野路边及庭园废墟等向阳处。中国各地均有分布。孩童时曾经常挖其为食。

赞通草花

四季花卉同室开，通草制花能做成。
扬州三菊技精湛，通草琼花可乱真。
真假鲜花难分辨，紫光阁中百花盛。
家传技艺成非遗，不凋之花永长存。

2013年7月29日

【注释】

扬州通草花是以通草为原料，经漂白、裱草片、染色、捏瓣、做叶子、传杆子、栽盆、装镜框、整理等多道工艺流程制成的一种特色工艺品，其可与真花媲美，如染色得当，可经久不衰。

通草花是扬州特有的非物质文化遗产工艺。钱宏仁为今江苏省通草花非遗传承人。“扬州三菊”指张永寿的剪纸菊，钱宏才的通草菊和吴砚耕的国画菊。1963年，钱宏才等设计创作的10盆通草花陈列于中南海紫光阁，被誉为“石谢之花”。

树木风采

七绝

柳　　树

长堤春柳桃花艳，柳稍轻舞映水面。
柳絮丝丝飞满天，游人如织春光丽。

2011 年 3 月 16 日

【注释】

柳树是扬州市树。此作描述的是在瘦西湖长堤上看到初春柳树的景象。

银　杏

千年古树雄姿存，银杏装缀遍古城。

春来枝叶浓葱绿，金秋落叶满地澄。

2011 年 6 月 7 日

【注释】

银杏为落叶乔木，是珍稀名贵树种，又是特种经济果树。扬州文昌中路石塔绿岛上的银杏是扬州最古老的银杏树，树龄已达 1200 多年，银杏为活化石，浑身都是宝，现在扬城处处银杏成林。银杏是扬州市的市树。

七律

千年唐槐

广陵古城越千年，驼铃巷中藏古槐。
半躯皮存枝叶茂，树龄扬城得二魁。
拆屋留地增空间，换土保湿光照媚。
豆饼作肥营养根，千年古树人护卫。

2011 年 4 月 30 日

【注释】

驼铃巷唐槐树龄一千多年，两树和城区其它古树已得到有效保护，人人喜爱古树，人人保护古树，让古树枝繁叶绿，有感而作。

赞法国梧桐树

梧桐栽在路两边，杆高叶大长枝桠。
暑热冠茂把日遮，寒天叶落阳光晒。
叶片稀疏知人意，绿阴大道人人夸。
美化环境净空气，城市绿化需要它。

2011年2月14日

【注释】

法国梧桐，属悬铃木科，原产东南欧、印度及美洲。晋代时传入我国。法国梧桐为阳性速生树种，抗逆性强，不择土壤，耐移植，适合栽行道树。扬州大学农学院内人行道旁法国梧桐树高大挺直，夏日绿阴，清凉舒适，人人夸奖。

女　贞　树

杆直枝密叶片多，春天绿叶更青翠。
夏天花开白如雪，香飘十里引蝶飞。
冬日果实满枝头，鸟雀饱腹戏耍真。
十里长街行道树，鸟语花香是女贞。

2011 年 5 月 10 日

【注释】

女贞也称为冬青，其实女贞和冬青是不同科的植物。女贞属木犀科，一般高仅 6 米，是灌木或小乔木。冬青叶狭长椭圆形，互生，夏季开花，雌雄异株，淡紫红色，花小，聚伞花序，而女贞叶卵状，对生，初夏开白花，圆锥花序。

香 樟 树

院内香樟成丛林，树干高大枝繁茂。
旧叶落去新叶来，春夏秋冬绿叶翠。
炎暑纳凉好去处，清香满园四季随。
南国香樟扬州栽，绿化树种堪为最。

2011 年 5 月 18 日

【注释】

香樟为樟科常绿乔木，树形高大雄伟，树冠广圆形，全株具樟脑香气，小枝绿色，为优秀的园林绿化树木。

爬 山 虎

古城墙上爬山虎，形似绿瀑天上来。
朝霞夕阳墙绿翠，轻风荡舞不离开。
细蔓满壁挡雨淋，鳞伏叶丰遮日晒。
护墙护岸护山坡，生命活力人人赞。

2011 年 5 月 18 日

【注释】

爬山虎属多年生大型落叶木质藤本植物，常攀援在墙壁或岩石上，广见于我国各地。爬山虎攀在墙上好似绿色瀑布天上来，很为壮观，扬城处处都能见到。

长短句

《沁园春》·野外土壤实习

蜀冈风光，土丘沟壑，田埂纵横。

望丘陵四周，一片春色；塘坝上下，男女老少，笑语声声。

争取三麦丰收，须来夏，满山坡，累累硕果。

土壤调查，满怀热情，野外实习。

登土丘冈地，挖掘剖面；土层上下，质地结构，才知分晓。

理论联系实际，虽一天，收获不小，满载而归。

1962年1月3日

【注释】

1962年初在蜀冈分场野外实习土壤调查，爬坡越冈，四周一片春色，麦苗茁壮，同学们热情洋溢，志高劲足，收获不小，完成实习任务。

《调笑令》·花园有感

花园，花园，
春日醉人心甜。
实习不到一月，
心里感受万千。
万千，万千，
晚霞映红秧苗翠。
沃野麦浪滔滔，
热血却似春潮。

1964年5月2日

【注释】

1964年5月2日，江苏农学院大三生产实习期间，我分在扬州郊区花园生产队实习。

《清平乐》·登平山堂

江淮千里平原，竹林沃野清水塘，
稻禾初绿添新装。
平山登高远眺，
却似东海碧波荡漾。
登顶凌云壮志，唐城墙上舞东风，
红旗插上九霄重。
不争千斤不罢休，
誓把青春献稻丰。

1964 年 6 月 28 日

【注释】

1964 年 6 月 28 日和同学游平山堂。

《清平乐》·自力更生

——欣闻我国第一颗原子弹爆炸试验成功

中华儿女，
主席思想心中红。
原子弹爆炸成功，
震动亿万民众。
万紫千红，
红旗漫卷东风。
人民掌握命运，
何愁帝贼呈凶。

1964年10月19日

田头是课堂

田野，知识的海洋，
田头，上课的好地方。
农民是最好的老师，
庄稼是最深奥的课本。
阵风吹来稻花香，
农村样样都新奇。
虚心学好种田术，
誓把青春献稼穑。

1964年12月20日

【注释】

1964年12月在扬州郊区施桥蹲点锻炼三个月的感想。

《清平乐》·筑堤

抗洪排涝，
革命斗志豪。
年年江堤加牢，
筑起屏障数条。
江堤如长城，
水浪未漫半毫。
挡住洪水江涛，
永远为民效劳。

1969年7月31日

《水尤吟》希望

莫道路程艰难，
何愁荆棘深处？
犹如逆水行舟，
扬帆稳舵争流，争流，争流。
更喜水激浪怒。

攀登科学高峰，
主席著作在手！
崎岖道路不迷途，
光辉普照神州。光明，光明。
奔向革命前途。

1965年2月5日

【注释】

春节刚过，怀着新春新的一年开始、新的希望，心头浮想联翩，写小诗《希望》以自勉之。

新诗·春播

左手挽着满载种子的箩筐，
右手一把一把抖动向下放。
撒下了种子，
播下了希望。
一颗种子，
千粒归仓。

1964年4月20日

【注释】

1964年4月19日在江苏农学院大四毕业实习育秧播种。

清平乐·青山执教

青山执教，种高产田，
春季育苗忙。
实践与理论结合，秧苗齐匀壮。
教学相长，精心培育，
水稻丰收有望。
师生朝夕相处，友情海深地广。

2013年9月17日

【注释】

1976年春江苏农学院在青山办学，学生大多回乡进行生产实习，有30多位学生留校实习，由笔者带头指导育秧实习，时隔已有三十多年了，仍记忆犹新。

从学校走向农庄

从学校走向农庄，从写字桌到田头河旁。

我们的脚印遍于田埂坡上，每一个新的希望都包含着知识的力量。

我们理想远大，心胸开阔，用智慧的双手挖掘自然宝藏；让高山低头，河水让路，荒山树木葱葱，沙漠披上绿装。

我们是大自然的主人，社会的栋梁。

我们骄傲，我们自豪。

1964 年 6 月 16 日

【注释】

1964 年 6 月 16 日苏北农学院大四毕业前的心情。

清平乐·雾霾何其多

雾霾黄色预警，出门戴口罩，防咽炎咳嗽。
大风阵吹落叶，雾霾随着消。
雾霾何其多，极端气象因素，烟尘尾气为祸首。
不靠大风吹散，污染治理加力度。

2013 年 12 月 9 日

【注释】

初冬的早晨，看到落叶满地，西风阵吹，连日的雾霾天气逐步消散，又显出蓝天白云，落霞红；雾霾，雾和霾的统称。雾和霾的区别十分大。霾是灰霾（烟霞）空气中的灰尘、硫酸、硝酸等造成视觉程障碍的叫霾。霾与雾的区别在于发生霾时相对湿度不大（一般相对湿度小于 80％时的大气），而雾中的相对湿度是饱和的（相对湿度大于 90％时的大气）。

散 文

农村实习往事

逮 螃 蟹

傍晚，我随房东大爷去逮螃蟹。逮螃蟹是这地方家家户户的副业。一到秋末冬初，天一黑漕河两旁，正是“万家灯火”似成长龙，每隔20多步远在河两边就有一盏灯。

逮螃蟹得在活水河，水要微微流动，网必须对着流水方向，网很长通到河对岸，一头在上面，人等着，旁边放盏煤油灯，网上放一个小树叉。

树杈摇动就知螃蟹来了，房东大爷迅速把网拉起来，“哈，真的在网中有一个大螃蟹呢。”这是怎么搞的。房东大爷讲：“得看网是否动，动后就迅速把网收起来。”“动了，动了”，我惊叫起来，大爷说：“不是的，这是水动或风吹动后形成的，螃蟹在网上是间歇性的摇动。”

一会儿又动了，用网一搯收起来一个大螃蟹，一连逮了十多个。房东大爷说，逮螃蟹要有耐心，有时蹲几个小时也逮不到几只，今天真幸运。快晚上十点多了，一点儿睡意也没有，逮螃蟹真有趣。

吃螃蟹

谁听说过吃螃蟹是要有技巧的。我不相信(从来没有吃过)。然而吃螃蟹的确是有历史的,吃法亦有讲究。不会吃的人连鳃及粪便都能吃进去,而肉却吃得很少。

如果今天吃螃蟹不是有人教我吃法,真要吃到螃蟹粪便呢!但是如吃到也不要紧,因为在罐中养了几天已很清洁了。

据说吃螃蟹有几种吃法,有吸法,剥法。不管哪种吃法,都要准备酱油、醋、生姜丝等作料。螃蟹是水生动物,横行爬行。有雌雄两种,雄的比较肥大,雌的比较小,但黄多,主人常用母蟹招待客人,以示好客。

来到农村得到许多知识,其中吃螃蟹颇为有趣。

1964年11月26日

【注释】

1964年10—11月于施桥陈庄蹲点锻炼时经常和庄上的农民到漕河逮螃蟹,有时到庄上吃螃蟹。

实践出真知

——《实践论》读后感

实践论读后，使我得到很大启发，理论从实践中来，实践是理论的物质基础，没有实践就没有理论。

一个人从不知到知，从不认识到认识，从浅到深，从低到高，都是实践中来的。书本知识也是前人经过实践得来的，要把别人的知识变成自己的，必须通过实践，通过劳动体会，才能为自己掌握。

要学到知识，需从两方面去进行，一方面多学习，向前人学习，向老师学习，向群众学习，向同事学习，向学生学习。另一方面是通过劳动，在实践中学习。例如山芋温床育苗，不通过温床育苗，怎能知道山芋温床的各种内部条件呢？发热材料究竟要多少，如何搭配，温床出苗温度究竟如何保持等等。

正是“不入虎穴，焉得虎子”，“吃一堑，长一智”，没有失败就没有成功，失败是成功之母。失败有失败的实践，成功有成功的实践。

目前，究竟如何才能把一个生产队搞好呢？

看来必须实践—总结—再实践，不断总结，不断实践。实践才能出真知。

1965 年 4 月 13 日

【注释】

1964 年 9 月至 1965 年 4 月在施桥公社吴楼大队吴庄蹲点锻炼时，学习《实践论》的感想。

元旦礼赞

元旦，新的一年的开始，一年复一年，没有尽头，像前进道路上一个一个的里程碑。元旦那因时间的流逝而永远新生，万物瞬变，随着她的到来而焕然一新。

我爱元旦，因为她永远给人们新的生命和新的希望；更爱今年的元旦，因为她给人们无穷的力量，充满着无限的信心，迎接新的生活，生命的花朵处处芳芬。

看，60年代第4春，东方升起了红太阳，神州大地春意浓，万紫千红气象新；时代的主人，自己的命运掌握，将乾坤旋转。迈开了步伐，跨上千里马，越过了一个一个里程碑，奔向东方，迎接着新的胜利。

我爱元旦，她是在严冬酷寒中的节日，第一个来到人间，给人们带来了愉快、新生和希望。

1964年1月1日

灯　花

灯花自古以来象征吉利的事情，它预示着明天有稀客到来或有喜事。

灯花在民间中流传着，是和劳动人民勤俭节约，利用油灯或煤油灯点灯作照明有关，日常生活中受着委曲而借此看灯花怒放的高兴，来安慰自己和家庭的不安，让知心朋友来赶走那忧郁之神。

其实，灯花是刮大风的预兆，虽然如此，我永远爱那灯花，因为灯花给我安慰和愉快，它永远使我高兴。我希望天天有灯花呈现在我眼前，灯花开，灯花怒放有客来，灯花开，灯花怒放喜事来。

1964年2月23日

花

人们都喜爱花。因为花具有青春的活力，花是和谐、美丽的象征，也是爱和幸福甜蜜的象征。花有千万种，千姿百态，姹紫嫣红，一花独放不是春，百花争艳满园春。

人们从不同角度欣赏花。牡丹，硕大的花朵，绚丽的颜色，堪称花中之冠，富贵华丽、国色天香。芍药高洁优雅，琼花洁白无瑕，是我家乡扬州的市花。那杜鹃、山茶花，花开满树，红得像火般的炽烈，白得像雪般的纯洁、热情、充满希望。鲜红的石榴花，预示着丰收的喜悦。桂花，花朵虽不起眼却飘逸出清幽的馨香，显示其内在的高贵。君子兰，叶片青翠常秀，终年挺着精神，畅吐的花，文雅而幽香，显示其坦然、高尚的气质。水仙洁身自好扎根于清泉洁石中，吐出洁白清香的花朵，显示其高雅。荷花出污泥而不染，秋菊傲霜而更艳。梅花更是不怕严寒冰冻，漫天雪中，昂首怒放。那路边的迎春花，见黄花绿叶相映，春天已悄悄来到。小小的牵牛花，在灌木上登攀，直到顶端，显示其奋发向上的精神。

人人喜爱花，生活中离不开花。有了花生活才有乐趣，有了花人们工作充满勃勃生机。您看每个家庭、工厂、商店、城市和乡村，处处灿烂缤纷、万紫千红。鲜花总是献给对祖国有贡献的人。花是文明富庶的象征。人民富裕了，人们才有时间和精力用花来打扮自己的生活和工作环境。种花、养花，画花，已成为时尚，它可以陶冶情操，让人们生活更充实、美好。

2009 年 11 月 20 日

【注释】

2009 年 11 月 20 日为图胜千言摄印社出版的《万紫千红》彩色图册写的序言。

树　木　赞

人们都喜爱绿色树木。因为它是蓬勃向上和欣欣向荣的象征。也是自然与人类和谐融洽的象征，树木苍翠葱郁，一片绿色装饰着大地，为人们的生活创造了美好的环境。

在茫茫的宇宙中，万物各有风貌，树则以内秀而著称。它没有山那样巍然屹立；也不像水那样奔泻千里、缠绵万状；它更不像花那样随风招展、风姿绰约、娇艳妩媚。树不嚣张、不夸耀，它在大自然的万物中甘当配角，是人类生活中的一种绿色的点缀。

我赞美绿色的树木，因为大自然的一切离不开树木。一年四季惟有绿树丰茂盎然，郁郁葱葱，绿得人心醉，红花绿叶扶，引来春色无限。

我赞美树木，因为树木有风采。你看挺拔俊秀的水杉、丰盈饱满的银杏、艳丽飘逸的红枫、婀娜多姿的杨柳、高风亮节的竹子、雍容华贵的榕树、巍然壮实的梧桐，异香袅袅的香樟树……组成了大地上的一道道绿色的风景线。

我赞美树木，因为树木不仅能提供木材，还能减少噪音，给人宁静和安详，是人类的好伙伴。因而人人植树爱护我们的家园。

我赞美树木，因为树木深深地扎根在土壤里，阻洪水、御风沙、繁荣平原和山坡，保护生生息息养育我们的黑土地。

我赞美树木，因为树木是地球的空气净化器、氧气的制造厂，每时每刻都吐出新鲜的空气，供人们享受。

我赞美树木，因为树木绿色葱茏，它环抱着每座城市，在城市的林荫道上，让人们心旷神怡、如痴如醉，流连忘返。

绿色是世界上最美的颜色之一，也是一个城市最需要的颜色。一个城市融入绿色，它就显示了蓬勃的生机，这便是人类生生不息的生命所在。

我要赞美树木，因为赞美它即是褒扬生命，歌唱我们灿烂的明天。

2010 年 5 月 10 日

【注释】

2010 年 5 日为图胜千言摄印社出版的《绿色树木景观》彩色图册写的序言。

读后感

丰沛地真诚　诗意地生活
——春草与晚霞读后感

郭宏文[①]

水稻栽培专家，苏祖芳教授从事农业教学与科学研究几十年，取得了丰实的学术与应用成果。更加让人景仰的是苏祖芳教授那勤勉严谨、求实创新的精神，诲人不倦、甘为人梯的情操，服务“三农”、保障国家粮食安全的责任和担当！

今年7月，中国特色作物栽培学发展学术研讨会在扬州举办，会议期间，苏祖芳教授送我一本诗稿《春草与晚霞》，当时我就很是讶异：自上世纪80年代中期有幸成为苏祖芳教授弟子以来，近30年了才第一次知道先生原来还能写诗，出诗集！带着复杂的心情，我进入到诗歌中，我情不自禁地被先生的诗歌所感染，情不自禁地与先生的诗情握手相拥！因此，如果你还不识苏祖芳，你就拿起

① 郭宏文1964年生，为研究生学历，硕士学位，民建赣州市委员会专职副主委，研究员，赣州市政协常委、副秘书长(兼)。

《春草与晚霞》来吧，你可以通过诗歌去结识和了解他，感受他的激情和真诚，走进他挚爱丰沛的心灵！如果你还在讶异之中，那么，你不妨满斟诗情与之对饮，一道歌吟或朗诵，让蓝天、白云、和风、细雨、青山、绿水等一切的美好与真情作证，在酒不醉人人自醉中成为永恒的知己！

《春草与晚霞》，是一种生活的真性情，也是一种乐观豁达的襟抱。《清平乐·登平山堂》一句"平山登高远眺/却似东海碧波荡漾……登顶凌云壮志/唐城墙上舞东风/红旗插上九霄重/不争千斤不罢休/誓把青春献稻丰"，以及一首《田头是课堂》"田野/知识的海洋/田头/上课的好地方/农民是最好的老师/庄稼是最深奥的课本"，就能让你触摸到青青春草的理想抱负和求实踏实的作风，为青青春草能成长为参天大树而禁不住的豁然开朗！《七一颂党》，《悼念母亲》，《大姐情》，《赞清洁工》，《赞修鞋匠》，《买菜有感》，《印章情》等，率真的情怀、感恩的挚爱跃然纸上，更有那不解的童真情结！《稻花香》，《忆司徒》，《考察菱塘水稻方》，《到湖北朱湖农场看水稻珍糯有感》，《农田秋色》，《赞稻花》等，触摸的不仅仅是先生那躬耕稻作的足迹身影，更有那久久挥之不去的稻作深情！走进春草与晚霞，没有的是愁肠百结，丰沛的是挚爱真诚和乐观放达，原来生活是可以这般的诗意！

晚霞是璀灿的霞光和丰沛诗情的溪河。我愿这晚霞在先生诗的放声歌唱下，成为我们生活中不可或缺的一道亮丽风景！

（2013年国庆于赣州）

《春草晚霞诗稿》读后感

丁泉源[1]

源于生活
博文强识
抒发情感
其乐无穷

癸巳秋日　书虞山　泉源惠存

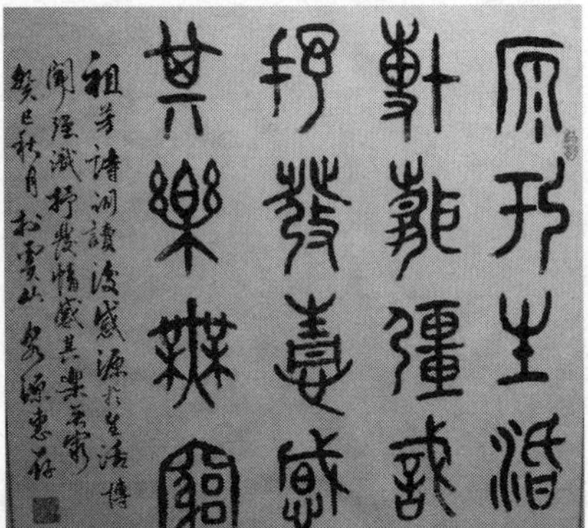

① 丁泉源，徐州师范大学 1964 年本科毕业，常熟市孝友中学高级教师。擅长金石和书法，获常熟市业余书法一等奖。

后　记

荏苒如箭，岁月流逝，出生已七十六载。退休也越10年。回首青年时期那火热生活时代，由于爱好学写了三十几首诗词。1978年后忙于本职工作，诗词爱好丢了好长时间，直到2003年退休前后，在王红谊著《不蔓枝诗稿》启迪下，重拾爱好，对山河、家园和日常生活中感兴趣的事或物写成诗(竹枝诗或打油诗等)三百多首，以诗的形式反映生活，真实地抒发情怀，并作为对日常生活和工作的记录，把写诗作为退休生活内容的一部分，以充实生活。

为了激励人们积极向上地工作和生活，热爱我们的祖国和美丽的家园，老有所为，在以前的诗词和退休后写的诗词中选用260多首，用书名《春草晚霞诗稿》出版。以情系山河、情满扬州、人生百味、感事抒怀、咏物寓意、稻菽情怀、岁月如歌、朋友心语、纪念瞻仰、万紫千红等篇，每篇用五言、七绝、七律分类。以诗为媒，与同有此雅兴的新老朋友共赏，更好激励自己，并以诗的形式记载历史的痕迹。

本诗稿在创作过程中任职于扬州科技学院文学系的女儿苏叶硕士、副教授在文字上作了修改并作序，民建赣州市委员会常务副主委兼市政协副秘书长、研究员郭宏文和常熟市孝友中学高级教师丁泉源写了热情洋溢的读后感，得到扬州计委陈学延主任、扬州力创机床厂苏洁工程师等的指正，还得到扬州大学农学院领导的关心和诸多同事的鼓励，在此表示衷心感谢。由于未学过诗词知识，不妥之处敬请指正。

苏祖芳

2013年12月25日于扬州